현대문학으로 읽는

인문학 키워드
12

지은이 **김정남**

서울에서 태어나 한양대 대학원에서 김승옥 소설에 대한 논문으로 박사학위를 받았다.
2002년 『현대문학』에 평론이, 2007년 『매일신문』 신춘문예에 소설이 각각 당선되어
문단에 나왔다. 펴낸 책으로 문학평론집 『폐허, 이후』 『꿈꾸는 토르소』 『그대라는
이름』, 소설집 『숨결』 『잘 가라, 미소』 『아직은 괜찮은 날들』, 장편소설 『여행의
기술―Hommage to Route7』 등이 있고, 제1회 김용익 소설문학상을 수상했다.
현재 가톨릭관동대학교에 재직하며 현대문학을 강의하면서 소설과 평론을 쓰고 있다.
E-mail: phdjn@daum.net

현대문학으로 읽는 **인문학 키워드 12**

© 김정남, 2018

1판 1쇄 발행__2018년 2월 25일
1판 2쇄 발행__2021년 4월 15일

지은이__김정남
펴낸이__홍정표
펴낸곳__작가와비평
　　　　등록__제2018-000059호

공급처__(주)글로벌콘텐츠출판그룹
　　　　대표__홍정표　이사__김미미
　　　　편집__하선연 문유진 권군오 홍명지　기획·마케팅__이종훈 홍민지 홍혜진
　　　　주소__서울특별시 강동구 풍성로 87-6
　　　　전화__02) 488-3280　팩스__02) 488-3281
　　　　홈페이지__http://www.gcbook.co.kr　메일__edit@gcbook.co.kr

값 9,800원
ISBN 979-11-5592-215-6 93800

현대문학으로 읽는

인문학 키워드

12

김정남 지음

이 책은 우리 시대가 요구하는 인문적 쟁점에 답함과 동시에 주로 대학에서 개설되는 인문 교양 강의에 맞춤한 안내서를 제공한다는 취지에서 기획되었다. 총 12강에 걸쳐 '1. 자본과 노동 2. 소비와 일상 3. 도시와 도시성 4. 국가와 국가폭력 5. 교육과 불구성 6. 예술과 정치성 7. 과학과 문명 8. 환경과 생태주의 9. 재난과 아포칼립스 10. 디아스포라와 다문화 11. 몸과 몸에 대한 시선 12. 성性과 젠더'라는 우리 시대의 인문학 키워드 12가지를 동시대의 문학을 통해 살펴봄으로써 우리가 서 있는 자리를 성찰하고 바람직한 미래의 지향을 모색하고자 했다.

이상의 내용은 최근 빈번하게 다루어지는 사회적 화두이기도 하다. 하지만 이 책에서는 이러한 우리 삶의 뜨거운 이슈를 형상화한 동시대 문학 작품(시·소설)을 통해 보다 구체적으로 문제에 접근할 수 있을 뿐만 아니라 이러한 작품을 고찰한 평론과 논문을 통해 이를 분석적으로 해부해 들어갈 수 있다는 특징을 지닌다. 더욱이 인문학을 고색창연한 사유의 유물로 취급하거나 사회적 처신을 위한 심리적 처세술로 변질시키는 '가짜 인문학'이 횡행하는 작금의 현실에 비춰볼 때, 이 책은 인문학을 현실의 문제에 투영하여 삶-학문의 문제를 고찰한다는 점에서 그 필요성에 답한다.

　문학을 단순한 감상이나 여기의 대상으로 여기고 있는 사회적 인식도 문제지만, 대학에서 인문학을 바라보는 시선 또한 크게 왜곡되어 있는 것이 사실이다. 소위 실용교육을 표방하는 직능 위주의 교육이 가져온 반지성주의Anti-intellectualism가 문사철을 위시한 인문학을 황폐하게 했다는 것은 이미 주지의 사실이다. 다른 한쪽에서는 융합과 통섭을 말하면서 인문학이 응용과학과 결합해야 한다는 명제 하에 인문학의 부흥을 외치고 있지만, 이 또한 부정성이라는 인문학의 고유의 성찰적 가치를 기능주의적으로 변질시키고 있다는 혐의로부터 자유롭지 못하다.

　일반적으로 교양으로 번역되는 리버럴 아츠는 특정 학문에 얽매이지 않는 자유학예이자, 독일어적 어원으로는 빌둥bildung의 뜻을 지닌 인격 형성의 과정으로 이해된다. 하지만 대학 안팎에서 교양에 대한 인식은 어떠한가. 백화점 문화센터의 꽃꽂이 강의나 수박 겉핥기식의 잡다한 상식 정도로 이해되고 있지 않은가. 우리 대학의 교양교육도 이와 같은 인문학에 대한 백안시 풍조로부터 자유롭지 못하다. 주로 대학 저학년 때 수강하는 교양과목은 학생은 물론 교수들까지도 '들어도 그만 안 들어도 그만'인 과목으로 취급되고 있는 것이 사실이다.

이 책이 감정교육이나 수신술로 변질된 가짜 인문학을 불식시키고, 인간과 사회에 대한 성찰이라는 인문학의 본질적인 측면을 회복하는 데 작은 밑거름이 되길 소망한다. 인문학은 감정 정화나 사회생활의 효율성을 위해 복무하는 학문이 아니다. 참된 인문학은 나타의 상태에 놓여 있는 우리의 무지를 일깨우며 부정한 현실을 비판하고 이에 길항하게 한다. 사유의 지평은 인식론적 고투 없이는 열리지 않는다. 이 책이 이러한 지난한 싸움을 위한 작은 밀알이 되길 바라는 마음 간절하다.

무술년 새봄
김정남

목 차

1. 자본과 노동

1. 자본과 노동

: 최종천 시집 『고양이의 마술』에 나타난 노동의 의미

문명의 난숙기로 접어든 것처럼 보이는 화려한 우리의 삶은, 기실 파국적 상황에 놓여 있다. 정치·노동·환경·문화·과학 등 우리 삶의 제반 영역에서 이를 통제하고 지배하는 무소불위의 권력은 자본이다. 현재 자본주의는 자본 독재를 지칭한다고 해도 과언이 아니다. 천만 원이 넘는 등록금과 출구 없는 암담한 현실 때문에 자살하는 대학생이 연간 300명이라는 통계는 우리 시대 청년들의 절망을 단적으로 증명한다. 반값 등록금은 정치 논리에 휘말려 그 본질을 잃고, 대책 없는 선심성 정책만 폭죽처럼 터지고 있다. 자본은, 돈이 없으면 대학 가지 말라, 청년들이

눈높이를 낮춰야 한다, 고 말하며 그들의 문제가 사회적 문제가 아니라 개인적 선택의 문제인 것처럼 위장하고 있다.

체제를 바꿀 생각보다는 불안한 현재라도 지키기 위해 전전긍긍하는 동안, 신분제로 굳어진 우리 사회의 시스템은 더욱 공고해진다. 흔히 말하는 노동의 신성함은, 소명의식에 기초한 금욕적 직업관을 강조하는 프로테스탄티즘의 윤리와 결합된 산업사회의 이데올로기이다.[1] 계량화되고 지표화된 성과사회에선 모두가 맹목적인 기계가 되어 간다. 일하는 기계, 공부하는 기계, 노는 기계, 먹는 기계. 기계는 전원을 내리지 않는 한, 자신이 망가지는 줄도 모르게 계속 돌아간다. 이처럼 불안에 기인한 노동은 과잉긍정의 상태[2]로 주체를 내몰고, 이를 바탕으로 체제는 더욱 공고화되며, 계층간·직급간 상향이동이 불가능한 유리천장glass ceiling을 촘촘하게 형성하기 마련이다.

최종천 시집 『고양이의 마술』[3]의 표제작인 다음 시에서 한 노동자의 눈에 비친 생의 현실은 "시집가고 장가가는" 일상이 마술이 되어 버린 모순적 지점을 적시한다.

---

1) Max Weber, *The Protestant Ethics and the Spirit of Capitalism*, translated by T. Parsons, New York: Charles Scribner's Sons, 1958.
2) "21세기의 신경성 질환들은 (…중략…) **긍정성의 과잉에서 비롯된 병리적 상태**라고 할 수 있을 것이다."(한병철, 『피로사회』, 문학과지성사, 2012, 17쪽.)
3) 최종천, 『고양이의 마술』, 실천문학사, 2011.

우리 공장 고양이는 마술을 잘한다.

어떻게 암컷을 만났는지 그리고 역시나

도대체 어떻게 새끼를 여덟 마리나 낳았는지

네 마리는 엄마를, 다른 네 마리는 아빠를,

정확하게 닮았다. 밥집에서 밥도 오지 않았는데

일하는 나를 올려다보며 큰 소리로 외친다.

그 소리를 들어야 비로소 우리들 배가 고파온다.

녀석들은 어느 날 갑자기 찾아왔다.

점심을 먹고 있는데 니야옹! 하는 소리로 온 것이다.

땅바닥에 엎질러준 생선 대가리와 밥을 말끔히도 치웠다.

얼마 후엔 암컷도 같이 왔다.

공장장만 빼고는 일하는 사람 모두 장가를 못 간

노총각들이어서 그런지 고양이 사랑이 엄청 크다.

자본주의가 결혼하라고 할 때까지

부지런히 돈을 모으는 상중이가 밥 당번이다.

밥을 주면 수컷이 양보한다.

공장장은 한때 사업을 하다 안 되어

이혼을 했다고 하지만,

내가 보기엔 자본주의가 헤어지라고 하여

헤어진 것이 틀림없다.

사람의 새끼를 보면 한숨만 터지는데

고양이의 새끼를 보면 은근히 후회되는 것이다.

사람인 나는 못하는, 시집가고 장가가고

돈 없이도 살 수 있는 고양이의 마술이다.

—「고양이의 마술」 전문

이 시의 화자에 따르면, 암수가 서로 만나 새끼를 낳아 기르는 것이 기적 같은 일이 되어 버린 것은 자본주의가 이를 허락하지 않기 때문이다. 인간사에서 결혼과 이혼을 자본주의가 관장하고 결정하는 것이다. 존재의 결정권을 체제가 전적으로 틀어쥐고 있는 현실! 이 상황에서 화자는 "돈 없이도 살 수 있는 고양이의 마술"을 부러워한다. 돈 없이도 시집가고 장가갈 수 있는 것이 고양이의 마술이라면, 이 시는 자본주의라는 체제의 전횡이 노동자에게 이러한 기본적인 권리조차도 강탈하고 있음을 드러낸다.

올해가 모차르트가 죽은 지 250주년이라고

그를 추모하며 그의 음악을 듣자고 한다.

오늘은 모차르트만 죽은 날이 아니다

오늘은 우리 공장에서 기르는 간절한 눈빛의

거멍이가 죽은 날이다.

건너 공장의 수컷을 만나러 가다가 차에 치여 죽었다.

나는 모차르트보다 거멍이를 추모하리라.

누구는 "죽음은 모차르트를 듣지 못하는 것이다"라고 하지만
나에게 있어 죽음은 개 짖는 소리를 듣지 못하는 것이다.
모차르트는 죽은 것이 아니라 죽지 못하고 있다.

인간의 역사에는
개구멍을 통하여 구원받은 자들이 많다.
정문보다 개구멍을 통하여 드나드는 자들은
성공을 보장받게 된다.
개에게는 개구멍이 없다.
개만도 못한 사람들은 여전히 많고
모차르트의 죽음을 추모하는 것은 의무이다.
인간은 누구나 모차르트의 피조물이다.

나는 자신의 피조물이다 고로,
나는 거멍이를 추모하고자 한다.
모차르트는 듣다가 꺼버릴 수 있지만
거멍이의 짖는 소리는 꺼지지 않는다.
거멍이가 꺼버려야 비로소 꺼진다.
헛것인 나를 짖어주던 거멍이의 눈동자가
하늘에 떠 있다, 별이다.

—「오늘 거멍이가 죽었다」 전문

이 시는 서양음악사의 거목 '모차르트'와 공장에서 기르던 개 '거멍이'를 등치시키는 방식으로, 대문자 히스토리History를 희화화하고 탈신성화한다. 모차르트가 죽은 지 250주년이 되는 해라서 "그를 추모하며 그의 음악을 듣자고" 하지만, 화자에게 오늘은 모차르트가 죽은 날이 아니라 거멍이가 "건너 공장 수컷을 만나러 가다가 차에 치여" 죽은 날이다. "개구멍을 통해서 구원받은 자들이 많"은 "개만도 못한 사람들이 여전히 많은" 인간의 역사에 비하면, "개구멍이 없"는 개의 생이 오히려 순연하다 할 수 있다. 개만도 못한 인간들이 살아남아 모차르트를 추모한다? 그의 음악을 듣는다? 웃기는 얘기다. 그래서 화자는 거멍이를 추모한다. "헛것인 나를 짖어주던 거멍이"를! 그 간절한 눈빛의 거멍이가 하늘에 별로 떴다. 개만도 못한 인간의 역사는 개를 추모함으로써 그 오욕스러움이 환기된다.

7년 전인가…… 경기도 광주에서 일할 때
단골로 다니는 다방에 가던 길이었다.
코스모스가 하늘거리는 도로 옆에
낮술에 취한 사나이 하나가
성기를 바짝 세워놓고
코를 골며 자고 있었다. 누군가 팬티를 내려놓은 듯
국기게양대처럼 솟아 있었다.

내가 그걸 수습해주려다 자연스럽게

눈길이 앞 건물 2층 다방 창으로 꽂히는 거였다.

음, 그렇군. 다방으로 올라가서 창을 열어

나이 지긋한 마담에게 보라고 했다.

마담은 조용히 내려가 수습해주고는 마당 쪽으로

사나이를 들여다놓고 나무에 기대어 놓는 게 아닌가!

그 뒤로 내가 깨달은 사실은 모든 창녀는

어떤 의미에서 司祭라는 것이다.

사실, 그녀들의 사회적 역할은 치유하는 것이다.

그 누구도 못 하는 것을 그녀들은 한다.

교황이니 추기경 따위 사제들이 있지만

그들은 그녀들만큼 오래 남지 못할 것이다.

이데올로기를 재생산하여 권력을 누리는 그들보다

그녀들을 더 오래전부터 인간은 필요로 하였다.

사제의 진정한 의무는 우상으로서의 이데올로기를,

끊임없이 걸치는 데 있는 것이 아니라 그 이데올로기를.

끊임없이 벗겨내는 데 있는 것이다.

그녀들은 빨갱이, 목사, 거지, 공산주의자, 자본가를

가리지 않고 벗긴다. 이 지상에는 돈이나 재산 권력보다

더 평등하게 분배되어야 하는 것이 있는데, 그것이

바로 성이다. 성 앞에 인간은 평등하라!

생명으로 죽음에 맞서는

롯의 딸들에게 장미를!

—「성(性) 앞에 평등하라」 전문

    낮술에 취한 한 사나이가 도로 옆에서 성기를 바짝 세워놓고 잠에 빠져 있다. 화자는 그를 수습해주려다 말고, 2층 단골 다방으로 올라가서 "나이 지긋한 마담"에게 보라고 말한다. 그러자 마담은 두말없이 조용히 내려가 그 사나이를 수습해 마당 쪽으로 들여다 놓고 나무에 기대어 준다. 남자인 내가 한낱 관찰자가 되어 있을 때, 마담은 그 사내를 수습하는 것이다. 그리하여 화자는 모든 창녀는 사제司祭이며, 그들의 역할은 치유에 있음을 깨닫는다. 진정한 사제란 "우상으로서의 이데올로기" 안에 안주하는 것이 아니라 그 이데올로기를 벗겨내는 데 있음을 강조한다. 이에 화자는 그녀들을, 멸족을 막기 위해 아비와 동침한 롯의 딸들(창19: 30~38)에 비유한다. "윤리보다 역사가 단절되지 않도록 자식을 낳는 일이 중요하다고 인식"[4]한 파격의 주인공이었던 롯의 딸들이 "생명으로 죽음에 맞서는"이들이었던 것

---

4) 현길언, 「욕망과 지혜 넘나드는 파격의 여성성이 역사의 동력으로」, 『국민일보』, 국민일보사, 2017. 6. 19.

처럼, 성性은 현실의 가치 규준에 선행하며, 그 앞에 모든 인간은 평등한 것이다.

용접을 다해놓은 구조물은
모래알만큼 많은 스파타*가 눌러붙어 있다.
그걸 말끔히 제거해야 기계가 완성된다.
그런데 이 작업은 상당히 공포스러운 것이다.
아무리 턴다고 털어도 페인트를 칠해놓고 보면
눈에 띄기 때문이다. 이 작업을 할 때마다 나는
달변의 혀를 가진 미당이나 춘수가 생각난다.
그 달변의 혀로 한 번 쓱싹 핥기만 하면
아주 말끔하게 청소될 것이 틀림없다.
사람의 혀를 말하는 데만 사용하라는 법이라도 있는가
나도 시를 쓰지만 달변이 아니고 눌변이다.
동료들 몰래 살짝 핥아보았다. 그러나,
혓바닥에 녹만 묻어나올 뿐 스파타는 제거되지 않았다.
시여 이제 말로만 하지 말고
얼굴에 깔아 붙인 철판을 핥아다오.
달변의 혀로 시만 핥지 말고 이제
철공장에 들어와 원고료보다는 조금 싼
일당을 받아가다오.

*용접할 때 녹는 용접봉 물방울이 튀어서 주위에 달라붙는 것들.

—「달변의 혀를!」전문

   그렇다면, 시詩는 어디에 서 있어야 하는가. 화자는 용접해 놓은 구조물에 여기저기 튄 '스파타'를 미당이나 춘수와 같은 "달변의 혀"가 쓱싹 핥기만 하면, 말끔히 청소가 될 것이 틀림없다고 말한다. 여기서 화자는 시문학사의 거봉으로 일컬어지는 두 시인의 군티 하나 없는 언어에 대해 냉소를 보내고 있다. 자신의 혀는 달변이 아니고 눌변이다. 화자는 동료들 몰래 스파타가 눌러 붙어 있는 철판을 핥아본다. 시는 말로만 하는 게 아니라 철판을 핥아야 하는 것이다. 진정한 시란 현란한 비유와 상징으로 치장된 관념의 덩어리가 아니라는 말이다. 달변의 혀로 언어만 핥아서는 시가 되지 않는다. 철공장으로 표상된 현실에 뿌리를 두고 있지 않은 혓바닥은, 생의 녹을 맛볼 수 없을 뿐만 아니라, 문학의 진정성도 상실될 것이기 때문이다.

   나는 믿었다. 가난한 사람들이 세상을 구원하리라고
   하늘은 스스로 돕는 사람을 돕는다 했던가
   강한 사람은 더욱 강하고 약한 사람은 더욱 약하고
   가난한 사람은 가난과 함께 도태되어 간다
   내가 노동을 하여 만드는 모든 것들이

우리를 도태시키고 착취하고 경쟁하게 하고

먼 미래에는 강한 자들만 살아남아

포식자가 되어 서로를 낙오시키고 먹고 먹히리라

시집가고 장가가는 처녀 총각들은 명심하라

그대들의 二世들은 그들 포식자들의 소모품으로 제공되리라

노동계급의 유전자는 특히 약하다

자식들을 가르치고 양육하기 위해

죽도록 고생하며 살지 마라, 그러면 그럴수록

우리는 더욱 빨리 도태되고 소모될 것이다

나는 사랑하는 그녀에게 이 사실을 말해주었다

그녀는 눈물을 머금고는 손가락을 꼽아 헤아렸다

지금 우리가 사랑을 해도 二世가 생기지는 않을 거라고

—「슬픈 운명의 노래」 전문

시인이 바라보는 우리의 현실은 결국 슬픈 운명에 가 닿는다. 자본의 생태계는 적자생존만이 유일한 진리다. 모두를 "도태시키고 착취하고 경쟁하게" 하는 모든 것이 자본의 논리다. 이 싸움 끝에 결국 강자만이 살아남겠지만, 그들도 역시 서로에게 먹고 먹히는, 피도 눈물도 없는 시대가 된다. 우리들의 이세二世들도 마찬가지로 자본이라는 포식자의 소모품이 될 뿐이다. 화자는 말한다. 자식들을 가르치고 양육하기 위해 고생하지 말라

고. 그럴수록 더 빨리 소모될 것이기 때문이다. 자본주의에 살고, 이를 대신할 대안 체제를 찾지 못하는 이상, 우리는 모두 자본의 노예다. 최종천 시인은 구체적인 노동의 현장에서 현실의 재앙을 길어 올려 자본 독재 시대의 허위와 모순을 통찰함으로써 우리 노동시의 관념성과 이념성을 뛰어넘는 성과를 이룩하고 있다.

2. 소비와 일상

2. 소비와 일상

: 김애란 소설 「나는 편의점에 간다」에 구체화된 소비사회의 일상

알렉상드르 코제브_{Alexandre Kojève}는 역사의 종언 이후 나타나게 되는 삶의 방식을 속물화와 동물화라고 말한 바 있다.[1] 그는 이러한 현상의 원인을 타인지향적인 삶에서 찾았고, 이를 대중소비사회의 심리와 아메리카적 삶의 양식과 연관지었다. 가령, 우리가 공산품이나 식료품, 각종 문화상품을 소비할 때, 그 욕망

---

1) "코제브가 말하는 아메리카적 생활양식은 리스먼의 언어로 이야기하자면 전통지향도 내부지향도 아닌 타인지향형의 세계인 것입니다. 즉, 코제브가 '동물적'이라고 부르고 있는 것은 동물적 상황과는 반대입니다. 그것은 오히려 타인의 욕망밖에 없는 인간적 상황을 가리키는 것입니다."(가라타니 고진, 조영일 역, 『근대문학의 종언』, 도서출판 b, 72쪽.)

은 나에게서 비롯되는가, 아니면 타인으로부터 시작되는가. 이러한 소비와 유통의 과정에서 우리는 어떠한 방식으로 존재하며 어떻게 살아가는가. 이러한 소비사회의 특성을 압축적으로 형상화한 작품이 김애란의 「나는 편의점에 간다」[2]이다.

김애란의 소설은 제한된 공간에서 벌어지는 일들을 세밀하게 포착한다. 여기서 제한된 공간은 상징적인 의미를 지니기 때문에 그 공간의 외연은 넓게 확대된다. 그녀의 공간 형상화 방식은 축쇄판 지도를 연상시킬 만큼 압축적이고 정교하다. 「나는 편의점에 간다」에서 김애란은 소비사회라는 우리 시대의 모습을 작은 편의점의 공간 안으로 옮겨놓는다. 이 작품을 기존의 형태나 아이디어를 다양하게 변형시키는 방법인 스캠퍼scamper 기법[3]의 체크 리스트—'대체하다Substitute, 결합하다Combine, 적용/응용하다Adapt: 개작하다, 각색하다, 변형하다Modify, 다르게 활용하다Put to other uses, 제거하다Eliminate, 뒤집다/ 재배열하다Reverse/Rearrange'—를 응용해 창의적인 독해를 시도해 본다.

---

2) 김애란, 「나는 편의점에 간다」, 『달려라, 아비』, 창비, 2005.
3) 다각적인 사고를 통해 아이디어를 얻어내는 방법인 스캠퍼는 1950년대 초 BBDO사(미국 광고 회사-인용자 주)의 부사장인 오스본(Alex F. Asborn)에 의해 사고력 촉진을 위한 체크리스트로 처음 제안되었고, 1970년대 초 그의 제자 밥 에버럴(Bob Eberle)에 의해 발상 리스트를 기억하기 쉽도록 정리하여 널리 알려지게 되었다. (마이클 미칼코, 이구연·박종안 역, 『아무도 생각하지 못하는 것 생각하기』, 푸른솔, 2001, 113쪽.)

1. 상황 대체Substitute 1: 아무도 나를 몰랐으면 하는 경우는?

소설의 화자인 '나'는 대학가 근처에 있는 세 개의 꼭짓점과 같은 편의점의 공간을 오가며 일상을 영위한다. 그것은 소비사회의 부면을 움직이는 익명화된 소비 주체의 미시적 삶의 영역이다. 편의점은 그곳에 들어오는 무수한 이들에게 아무 것도 묻지 않는다. 이러한 "거대한 관대"(33쪽)는 "'이천오백원입니다. 혹은 '데워드릴까요?' 혹은 '빨대 넣어드릴까요?'"(42쪽)이라는 가식적인 친절함으로 포장된 냉혹함을 반어적으로 환기한다. 물론 화자 역시도 필요 이상의 사적인 질문을 받게 되는 경우 발길을 끊는다.

"여기 사세요?"

(…중략…)

"학생이에요?"

"네."

"3학년?"

"네."

"혼자 살아요?"

"네."

"여기 K대학?"

"아니오."

"그럼 어느 학교 다녀요?"

나는 대충 학교 이름을 얼버무린다. 그러곤 다음 질문이 설마 '전공이 뭐예요?'는 아니겠지 생각한다. 그가 묻는다.

"전공이 뭐예요?"

(35~36쪽)

이상은 세븐일레븐이라는 편의점 사장과 나눈 대화의 전말이다. 여기서 사장이 던지는 상투적인 질문은 젊은 사람에 대한 관습화된 체크리스트에 다름 아니고, 화자의 태도 역시 자신에 대해 아무 것도 공개하지 않겠다는 완고한 태도로 일관할 뿐이다. 사실 화자는 그가 무엇을 물어올지 모든 것을 알고 있다. 문학을 전공한다고 하면, 자신의 문학관에 대해, 미술을 전공한다고 하면 개중 유명한 미술가를 들먹일 것이고, 이벤트학이나 국제관계학을 전공한다고 하면 "'그게 뭐하는 과냐', '언제 생겼냐', '졸업하면 뭐 하게 되냐' 등의 질문"(36쪽)이 뒤따라올 것이 분명하기 때문이다.

이렇게 화자는 자신에 대해 아무 것도 물어오지 않기를, 그리하여 타인에게 자신의 존재가 어떤 방식으로든 인식되지 않기를 원한다. 가령, 콘돔을 구입하기 위해 주민등록증을 요구받게 되는 상황과 같이 개별성이 보호되지 못하는 공적인 절차에 대해서 모멸의 감정을 느낀다. 익명화된 소비 주체의 한계를 넘어서는 사적인 대화나 개별성을 훼손하는 공공성은 나에게 모두 거부의 대상이 되는 것이다.

2. 상황 대체Substitute 2
: 누군가 나를 알아봐 주었으면 하는 경우는?

편의점에서 모든 방문객은 소비자라는 입장에서 모두가 평등하다. 편의점에서 클래식 음악을 들으며 "물건이 아니라 일상을 구매"(41쪽)하는 화자는 "궁핍한 자취생도, 적적한 독거녀도 무엇도 아닌 평범한 소비자이자 서울시민이 된다"(41쪽). 여기서 우리는 모두가 소비자라는 점에서 똑같다는 소비사회의 동질화 전략이 작동하고 있음을 목격하게 된다. 더 나아가 소비의 자유가 서울시민이라는 사회적 자유와 동일시되며 자본은 이러한 허위의식을 바탕으로 증식하게 된다.

이러한 편의점의 동질화 전략에도 불구하고 개인의 소비 스타일에 따른 아비투스habitus는 바코드에 찍혀나가고 있으며, 화자가 물건을 구입함으로써 "내가 먹고 싸고 하는 것을"(48쪽) 모두 드러내는 데 반해, '큐마트'의 청년은 언제나 무심하다. 동생에게 열쇠를 전달해 달라는 부탁을 하기 위해 '큐마트'를 찾은 화자는 청년에게 아는 척을 하지만 그는 화자를 알아보지 못한다.

　"저……아시죠?"

　그는 도시락을 쥔 채 내 얼굴을 빤히 쳐다보았다.

　"저, 이 근처 사는…… 항상 제주 삼다수랑, 디스플러스랑 사갔었는데…….."

　청년이 계속 모를 듯한 표정을 짓자, 나는 조바심이 났다.

　"깨끗한 나라 화장지랑, 쓰레기봉투는 꼭 10리터짜리만 사가고, 햇반은 흑미밥만 샀는데…… 모르시겠어요?"

　(…중략…)

　"손님, 죄송하지만 삼다수나 디스는 어느 분이나 사가시는데요."

(50~51쪽)

　편의점 청년은 화자의 개별성을 인식하지 못한다. 그에게 화자는 그저 무수히 편의점을 드나드는 익명의 소비자 중의 한 사람에 불과했던 것이다. 화자의 식생활에서 성생활에 이르기까지 모든 것을 '보고' 있다고 믿었던 편의점 청년은, 화자를 바라본 것이 아니었다. 결국 화자를 알고 있는 것은 구입한 물건들의 정보를 읽어내는 '바코드 검색기'뿐이었던 것이다. 편의점의 관심은 언제나 물, 휴지, 면도날과 같은 물건에 있지 사람에게 있지 않다.

3. 상황 적용Adapt: 당신이라면 어떻게 하겠는가?

2002년 12월 31일 밤 열한시. 생수와 포장 만두를 사기 위해 큐마트를 찾은 화자는, 도로에서 갑자기 끼익—하는 소리를 듣는다. 편의점 창밖으로는 여고생이 교통사고로 "붕—하고 떠올랐다 도로 위로 떨어져나"(53쪽)가고 있다.

횡단보도 앞, 은색 쏘나타 한 대가 놀란 듯 멈추어 서 있는 게 보였다. 쏘나타는 당황했는지 갑자가 전속력을 내며 그곳을 벗어나기 시작했다. 큐마트 청년은 밖으로 곧장 뛰어나갔다. 나는 얼어붙은 듯 그 자리에 서 있었다. 유리창 너머로 사람들이 모여드는 게 보였다. 그중에는 패밀리마트의 주인여자도 있었다. 사람들은 각기 휴대폰을 들고 경찰서, 애인, 가족에게 전화하는 듯했다. 여고생은 머리가 박살난 채, 뒤집어진 교복 치마 사이로 희멀건 하체를 드러내놓고 있었다. (…중략…) 그런데 그때, 파란 야구모자를 눌러 쓴 남자는 계산대 앞의 복권을 한 뭉치 집어 자신의 앞가슴에 넣고 있었다.

(54쪽)

이때 큐마트 청년이 다시 안으로 들어와 이렇게 말한다. "봤어요? 팬티가 훤히 다 드러났어요."라고. 사고 현장에서 그가 인식한 것은 한 소녀의 끔찍한 죽음이 아니라 그녀의 속옷이었던 것이다. 결국 "아무도 가까이 가지 않는, 머리가 박살난 채 팬티가 보이며 다리를 벌리고 있는"(56쪽) 여고생의 뒤집혀진 치마를 내려준 사람은 "복권을 한뭉치 훔친, 가슴 안에 묵직한 절망을 쟁여안은"(56쪽) 파란 야구모자의 사내였다. 이러한 소설적 상황을 전제로, 다음 신문 기사를 보기로 하자.

심정지로 숨진 택시 기사……승객들 119 신고 않고 현장 떠나

승객을 태우고 가던 택시기사가 의식을 잃고 앞차와 추돌한 뒤 숨지는 사고가 발생했다. 택시에 타고 있던 승객들은 사고 직후 119에 신고하지 않고 짐만 챙겨 현장을 떠난 것으로 알려졌다.

대전 둔산 경찰서는 25일 오전 8시 40분께 서구 둔산동의 한 도로에서 이아무개(62) 씨가 택시를 몰던 중 의식을 잃고 앞서 달리던 승용차를 받는 사고가 발생했다고 밝혔다.

사고 당시 택시에는 승객 2명이 타고 있었지만, 아무런 구호조치 없이 자신들의 짐을 챙겨 다른 택시를 타고 현장을 빠져나간 것으로 알려졌다. 이씨는 사고를 목격한 인근 건물주차관리인의 신고로 출동한 119구급대에 의해 병원으로 옮겨졌지만 숨졌다.

경찰 관계자는 "이날 오후 1시께 택시에 동승했던 승객들이 경찰서로 전화를 걸어와 '공항으로 가는 버스 시간이 촉박해 현장을 급히

떠났다. 사고 현장에 목격자들이 많아 다른 사람이 신고했을 것이라고 생각했다'고 당시 상황을 설명했다"고 말했다.

경찰은 이씨의 정확한 사망 원인을 확인하기 위해 국립과학수사연구원에 부검을 의뢰하고, 목격자 등을 상대로 구체적인 사고 경위를 조사하고 있다.

—『한겨레신문』, 2016.8.25

이 신문기사 속 파렴치한 승객들과 소설 속 큐마트 청년의 행동이 닮아 있지 않은가. 당신이라면 이러한 상황 속에서 어떤 태도를 취하겠는가?

4. 상황 변형Modify: 배가 아프면 우리는?

편의점이라는 공간에서 '가치'란 언제나 주관적으로 작용하며 교환된다는 사실을 섬세하게 포착하고 있는 소설의 한 대목을 보기로 한다.

그들 부부의 관상이 온화했던 탓에 나는 내 추측을 확신했다. 그 나이에도 의심이 적고, 성격이 부드러운 사람들이란 대개 그들을 부드럽게 만들 수밖에 없는 환경에서 살던 사람들이다. 그들은 사기를, 배반을, 착취를, 불평등을 모른다. 그들은 아마 그들이 노력한 만큼 벌거나 노력한 것 이상으로 벌어온 사람들일 것이다. 모든 부드러움에는 자신들이 의식하지 못하는 어떤 잔인함이 있다. 그게 사실이 아닐지라도 내가 그걸 사실로 만들어버리는 이유는 그러고 나면 내 처지가 덜 속상해지기 때문이다. 그런 면에서 난 나도 모르게 그 순간 엘에이의 한인촌을 습격한 흑인과 닮아 있다. 편의점에 가는 나는 한국에 살고 있는 한국인이면서 흑인이다.

(40~41쪽)

이는 '큐마트'를 운영하는 사십대 후반의 부부에 대한 화자의 감정이다. 화자는 그들이 내보이는 온화한 관상에서 그들의 사회·경제적 환경을 유추하고, 그로부터 연유되었다고 판단한, 잔인함을 숨기고 있는 부드러운 성품과 온화한 인격에 관하여 논한다. 어쩌면 단순하게 보이는 흑백논리인 "나는 정직함으로 가난하고 그들은 부정직했으므로 풍족하다"(41쪽)는 진술은, 개인의 정체성을 규정하는 '가치'가 언제나 심리의 경제학에 의해서 '교환'될 수 있음을 말해주고 있다.

'온화함'을 '잔인함'과 연결시키고, '편의점 점주'와 화자의 관계를 'LA한인'과 그들을 습격한 '흑인'의 관계로 확대하는 결합 양상에 주목해 보자. 이와 같은 감정상의 이접移接과 상황성의 맥락을 다르게 활용해 보면 어떨까. 우등생을 대하는 열등생의 심리, 연예인에 대한 대중의 심리, 부자들에 대한 서민들의 심리, 정규직을 대하는 비정규직의 심리 등으로 심리의 경제학을 변형Modify해 볼 수 있을 것이다.

5. 외연 확대Magnify: 우리는 어떻게 살고 있나?

김애란의 소설에 등장하는 편의점은 사실, 후기자본주의 사회를 살고 있는 우리 일상의 축도다. 우리는 필요에 의해서 편의점에 가고, 마트에 간다고 생각하지만, 기실 그런 것만은 아니다. 마트는 이미 부부들의 '주말 성소聖所'가 되어 버리지 않았는가? 우리에게 실제로 쇼핑이라는 행위의 목적은 물건을 사는데 있는 것이 아니라 쇼핑을 통해 욕망을 사고 일상을 구매한다는 것에 있다. 차라리 편의점이나 마트에 가기 위해 우리는 반드시 무언가 필요해진다고 표현하는 것이 오히려 맞다. 그렇게 편의점은 "기원을 알 수 없는 전설처럼" "시치미를 떼고 앉은 남편의 애첩처럼, 혹은 통조림 속 봉인된 시간처럼"(32쪽) 우리 일상 속에 깊숙이 들어왔다.

우리 스스로가 소비의 주체라고 생각하고 있지만, 사실은 그 물망처럼 짜여진 자본의 각본 위에서 놀아나는 것은 아닌가? 우리는 후기자본주의 사회에서 어떻게 능동적인 소비의 주체가 될 수 있을까? 올바른 소비라는 것은 과연 무엇일까? 더 나아가 생산의 주체와 소비의 주체 모두를 살릴 수 있는 윤리적 소비4)라는 것은 어떻게 이뤄낼 수 있을까? 이것은 자본주의 사회에 어떤 균열을 만들어 낼 수 있을까?

4) 윤리적 소비란 '착한 소비'라고 불리는 것으로, 인간이 상품이나 서비스 따위를 구매할 때 개인의 사적인 욕망만을 추구하지 않고 공적인 윤리적 가치판단을 개입시키는 소비행위라고 정의할 수 있다. 가령, 인간을 포함한 생태계에 해를 끼치지 않거나(예: 친환경 제품 소비, 아나바다 운동) 판매금액의 일부가 환경이나 자선단체에 기부되거나(예: 코즈 마케팅), 공정무역을 통해 판매되는 상품(예: 공정무역 커피, 공정여행)을 소비하는 행위를 가리킨다. 더 나아가 슬로우 라이프 운동, 지역화폐 운동 등 소비운동을 넘어서 우리의 삶의 방식과 경제적 패러다임을 바꿔나가려는 운동으로 확대되고 있다. (박지희·김유진, 『윤리적 소비: 세상을 바꾸는 착한 거래』, 메디치미디어, 2010.)

3. 도시와 도시성

3. 도시와 도시성

: 김중혁 소설 『1F/B1 일층, 지하 일층』에 그려진 도시 악몽

현대를 사는 사람들은 특수한 지역을 제외하고 대부분 도시적 공간에서 생활을 영위한다. 도시 공간의 물리적 확장과 각종 문화상품과 매스미디어의 발달로 인한 도시적 라이프스타일의 확산은 도농간·국가간의 문화적 격차를 좁혀나가고 있는 추세이다. 이는 소득수준과 같은 생활의 격차를 의미하는 것이 아니라 도시적 생활양식의 전면화를 의미한다. 삶의 전형성이라는 측면에서 보았을 때도, 전근대적 농촌이란 더 이상 존재하지 않으며, 그 안에 살고 있는 사람들도 전통적인 공동체적인 삶을 이상적으로 여기지 않는다. 사회구조 변동이 그만큼 전면화되

고 획일화되어 공동사회의 틀을 해체시키고, 가속화된 이촌향
도는 도시의 과밀화와 농촌사회의 공동화를 가져왔다. 이러한
의미에서 농경사회에서 산업사회로의 대전환은 바로 전통농촌
의 해체와 재편성을 의미한다.

한국 문학은 전통사회의 해체와 도시화에 대해 내밀한 성찰
을 지속해 왔다. 소위 개발독재 시대의 이면을 다룬 1960~70년
대 작품들은, 50년대 원조 경제에 뿌리를 두고 있는 경제의 파행
성에서 출발한 농촌의 해체와 저임금 정책에 기초한 도시빈민
화라는 사회적·의식적 소외 양상에 대해 주목했다. 억압적 노동
환경이 갖는 계층적 부면과 소시민적 도시현실에서 나타나는
생활적 의미를 발견하려 했던 1980년대의 도시적 상황은 1990
년대라는 탈이념적 시공간으로 진입하면서 새로운 질적 환경과
마주한다. 여기서 주체는 미시적 자의식의 영역으로 침윤하거
나 대중문화의 기표를 공백적으로 향유하는 탈언어화된 주체가
되어 도시적 일상을 부유하기 시작한다.

2000년대 문학에서 구현하고 있는 도시적 국면은 1990년대
도시 문학이 가지고 있는 특성을 이어받음과 동시에 이와 변별
되는 양상을 드러낸다. 기호와 이미지가 난무하는 2000년대 도
시 소설은 옥탑방·고시원·반지하 등의 공간으로 주체를 유폐시
키는 한편, 아케이드·백화점·클럽 등의 욕망과 소비의 공간을
부유하는 탈주체적 일상성을 포착해낸다. 또한 이성과 문명의

상징으로서의 도시가 오히려 야만과 광기의 역진화逆進化된 공간 이라는 사실을 종말론적으로 그려내면서 문명에 대한 전복적 상상력을 꾀하기도 한다. 문제는 이것이 단순한 빈곤의 문제 혹은 계층의 문제가 아니라 빠져나올 수 없는 '도시 악몽'의 양상이면서 하나의 대기권이 되어 버린 현실이라는 점이다.

1. 도시 기획물로서의 『1F/B1 일층, 지하 일층』

이러한 근대화의 이면에 노정된 파행적 도시화에 주목한 연 구들은 대부분 문학사회학을 표방하지만 실제로는 내용분석학 에 머물러 사회학적 사실을 문학작품을 통해 재확인하는 것에 머물고 말았다. 따라서 이 글은 현대 도시의 설계도와 운영 시 스템을 내장하고 있는 하나의 기획물이라고 할 수 있는, 소설 『1F/B1 일층, 지하 일층』[1])에 수록된 단편소설을 대상으로, 구 조와 개체의 상호작용에 의해서 형성된 도시사회urban society의 성격 전반을 표상하는[2]) 도시성urbanity이라는 도시 생활의 전형 적인 특성을 살펴보고자 한다. 이는 근대체제로 이행해 가는 데 따른 사회변동성, 경쟁·밀도·이질성을 유발하는 생태 공간

---

1) 김중혁, 『1F/B1 일층, 지하 일층』, 문학동네, 2012.
2) 조명래, 「서울의 새로운 도시성: 유연적 축적의 도시화와 대도시의 삶」, 『문화과학』 5호, 문화과학사, 1994, 188~187쪽.

적 변수3) 외에도, 공적 통제기구의 발달, 최근 빈번하게 발생하는 테러와 대규모 사고 등의 위험사회의 징후들에 이르기까지, 도시의 정치적·경제적·이데올로기적 특성을 부조하는 데 원동력이 된 작가의식을 도출하는 데 목적이 있다. 특히 식민지 시대 경성을 중심으로 한 근대화 과정기의 도시 공간과 1960년대 이후 정치·사회적 상황성과 관련된 도시 공간의 병리적 상황성에 집중되었던 도시소설에 대한 연구 경향성에 비추어 볼 때, 이 글은 지금-여기 우리 삶을 포박하고 있는 도시성의 실체를 규명하고 더 나아가 미래도시의 문제로 전망을 확대한다는 측면에서도 의의가 있다.

2. 도시환경의 질적 변화

자본과 권력의 집적으로 형성된 근대 이후의 도시는 개발이라는 이름으로 끊임없이 생태 환경의 변화를 겪어왔다. 「냇가로 나와」는 도시를 가로지르는 내川가 도시 환경의 변화에 따라 어떻게 변모하고, 거기에 깃든 사람들의 삶의 방식이 어떻게 비생태화되는지를 정확하게 포착하고 있는 작품이다. 외화外話는 고교 교실을 배경으로 "1학년의 최고 입담꾼 지종해"(43쪽)가

---

3) 조명래, 「피터 손더스의 도시사회학」, 『국토연구』 190, 1997, 77~81쪽.

"이야기에 목마른 고등학교 1학년 남자이이들"(43쪽)에게 "하마까 형님의 복수혈전"(43쪽)을 들려주면서 시작되는데, 사연이 깊어지면 '하마까'와 '통나무 김씨'와 궁휼공고의 불량서클인 '십장생'을 둘러싼 내화內話가 제시되어 서사의 본령을 이룬다. 이들의 드라마틱한 무용담이 펼쳐지는 주무대는 천천千川이다.

천천에는 다리가 있지만, 예전 그대로 뗏목을 이용해 다리를 건너는 사람도 더러 있었는데, 그 뗏목의 주인이 '통나무 김씨' 다. 재미삼아 뗏목을 타던 사람들은 통나무 김씨에게 뱃삯으로 이런 저런 생필품을 주었고, 그는 그것을 나무상자에 모았다. 불량배들과 시비가 붙던 날 하마까는 통나무 김씨에게 닳아빠진 지우개 한 개를 그에게 건네고 뗏목을 타게 된다. 밧줄을 잡아 봐도 된다는 허락을 받은 하마까는 엄청난 힘으로 뗏목을 잡아당긴다. 뗏목에 속도가 붙자 통나무 김씨는 너무 빨리 가면 안 된다고 말한다. 빨리 가려면 다리로 가면 되지, 굳이 뗏목을 탈 필요가 없다는 그의 반사적인 발언은 현대 도시를 근본적으로 규율하는 속도의 가치에 대한 반성을 함의한다. 근대 이후의 세계에서는 시간이 공간보다 더 중요하고 한다. 속도의 증대는 공간의 구분을 잠식하고 공간을 시간으로부터 구분하는 것을 더 어렵게 만든다.[4] 다리를 건너는 온갖 차량과 사람들의 속도

---

4) 박창호·김홍기, 「도시공간의 탈경계화와 액화근대성」, 『현상과인식』 37(4), 2013, 169쪽.

와 양이 현대성의 상징이라면, 밧줄을 잡아당겨야 하는 원시적 동력을 근간으로 하는 뗏목은 현대도시의 이물이라 할 수 있다. 하지만 "구경도 하고, 물도 보고, 천천히 건너가야 제맛"(56쪽)인 뗏목의 본질은 느리다는 데 있다.

기실, 천천 주변은 "10배속 재생한 화면처럼"(60쪽) 변했다. 자연발생적인 여느 도시와 같이 천천은 마을의 중심이었지만, 신도시가 생겨나면서 마을의 변두리가 되고 만 것이다. 사람들이 사라지자 천천은 고등학생들의 천국으로 변했으며 "조기축기회가 시합을 위해 학교 운동장을 예약하듯"(60쪽) 매일 싸움이 벌어졌다. 뗏목에서 바라보는 주위 풍경도 달라졌다.

현대화된 도시를 가로지르며 흐르는 천천에 떠 있는 김씨의 뗏목은 전근대의 산물로서 하나의 오접誤接이라 할 수 있다. 나무보다 높은 건물에서 뗏목을 내려다보는 사람을 발견할 때마다 통나무 김씨는 발가벗겨지는 수치심과 함께 변하지 못한 자신에 대한 죄책감까지 느낀다. 현대화라는 동시적 변화 속에 비동시적으로 남아 있는 자신의 변함없는 현재가 하나의 시대의 유물이라고 했을 때, 그의 시선에서 보이는 건물들의 위용은 압도적일 수밖에 없다.

뗏목을 수리하겠다며 철사를 구하러 간 김씨가 돌아오지 않자, 주인을 잃은 뗏목은 궁휼고 학생들의 손에 놀림감이 되고 있었다. 아이들이 올라 뜀뛰기를 하고 있는 뗏목이 화자의 눈에는 "물고문을 당하고 있는 것"(63쪽)처럼 보인다. 결국 뗏목은 아이들과 하마까 사이의 실랑이 끝에 떠내려가고, 마침내 하마까는 천천철교 아래에 널브러져 있는 뗏목을 발견하고 그 잔해를 긁어모아 원래의 자리로 끌고 온다. 이때 화자에게 "통나무가 도로에 끌리는 소리는 죽기 직전 마지막 숨을 고르는 동물의 신음소리"(69쪽)처럼 구슬프게 들린다.

그날부터 이틀을 내리 앓은 하마까는 어머니의 만류에도 불구하고 집을 나섰다. 다시 천천의 백사장을 찾은 그는 통나무 김씨가 돌아오지 않았음을 알고는 바로 궁휼고로 향한다. 그곳에서 하마까는 창문을 깸으로써 울분을 표출하고, 스무 명은 됨직한 패거리에게 "때리면 막고 앞을 막으면 밀어"(76쪽)낼 뿐 일방적으로 폭행을 당하다, 마침내 건물 밖으로 나가 울음을 터뜨린다. 그것은 패배의 눈물이라기보다는 "버림받은 아이의 울음"(76쪽)이었다. 여기서 그가 무차별적으로 가해지는 폭력에 비폭력으로 맞섰다는 것과 급기야 터진 그의 처절한 울음은, 도시의 현대화에 의해 버림받고 종내에는 '풍속의 유민'[5]이 되어 버린 통나무 김씨와 대위법적으로 같은 맥락에 위치한다.

텍스트는 외화의 시작 시점인 1학년 최고의 입담꾼 지종해가 하마까의 무용담을 이야기하던 장면으로 이어지지 않고, 그로

---

5) 이청준, 「매잡이」, 『시간의 문』, 열림원, 2000, 135쪽.

부터 20년이 지난 어느 날로 옮겨간다. 이는 일반적인 소설의 문법에서 보았을 때 하나의 파격이라고 할 수 있다. 내화가 완결되면 다시 외화의 시점과 맞물리는 방식을 택하고 있지 않기 때문이다. 이 불일치는 시간의 급박한 변화를 드러내기 위한 작가의 의도적인 고안이라고 할 수 있다. 총동창회에 참석하기 위해 천천교를 건너는 이는, 영화감독이 된 자비고 최고의 입담꾼 지종해와 그의 얘기를 듣던 천경필이다. 천천교 아래는 사회체육공원을 만든다고 공사판이 되어 있다.

  냇가가 도시의 변두리가 되자 당국은 사회체육공원을 만들겠다는 개발 건을 들고 나온다. 이에 대한 지종해의 냉소는 개발의 논리로 도시생태의 훼손을 서슴지 않는 우리 시대의 상황을 정황하게 포착하고 있다. "갈아엎는 거 참 좋아해."라는 지종해의 말은 전시행정의 일환으로 끊임없이 파헤쳐지는 도시재개발 사업에 대한 환멸을 나타낸다. 더욱이 "물도 어디서 끌어오겠지."라는 천경필의 발언은 개발이 도시 생태 환경의 원형을 복원하는 것이 아니라, 메마른 자연하천을 거대한 인공하천으로 만드는 인공 자연artificial nature 프로젝트의 가능성을 내비친 것으로 주목을 요한다. 백사장도 없는 마른 하천에 엄청난 전기 에너지를 써가며 양수기로 물을 끌어다가 흘려보내는 역설적 상황은 하천을 거대한 콘크리트 어항으로 만들어버리는 일에 다름 아니기 때문이다. 대표적으로 청계천 복원 사업을 예로 들 수 있다. "청계천은 진정한 의미에서 전혀 '하천'이 아니다. 청계천은 서울시의 전기 시설을 통하여 막대한 양의 물이 순환되는 거대한 수족관, 어항에 불과한 것이다."[6] 이 작품의 말미에 다시 한 번 강조되는 이 냇가의 풍경은 "한 번도 가보지 않은 외계의 표면, 사람이 살 수 없는 메마른 행성"(83쪽)으로 제시되어 황폐해진 도시의 질적 상황을 상징적으로 보여주고 있다.

3. 도로망과 도시 공간

현대 도시의 도로망은 사람의 보도에 의해 자연발생적으로 생겨난 것이 아니라 건물과 건물이나 지역과 지역 사이의 교통 수요를 계산하여 계획적으로 건설된 연결망 구조의 성격을 띤다. 도시의 교통은 분업화된 도시의 각종 기능들이 원활하게 상호 작용할 수 있도록 사람이나 물건을 공간적으로 신속하고 쾌적하고 안전하고 저렴하게 이동시키는 데 목적이 있다.[7] 이렇게 도시에서 사람과 물류의 이동을 신속하게 하기 위해서는 도로의 교통관리 시스템의 효율적인 관리가 필수적이다. 이는 시그널에 의한 통제 체계 하에서 운영되기 때문에, 불법이나

---

6) 조석영, 「생태 복원의 환경윤리적 분석: 청계천 복원을 중심으로」, 『윤리연구』 65, 2007, 233쪽.
7) 권영종, 「우리나라의 도시교통, 무엇이 문제인가?」, 『도시문제』 33권 355호, 1998, 74쪽.

규칙 위반을 감수하지 않고서는 수의隨意적 제어가 불가능한 외부의 결정적 인자다.

　이러한 도시의 도로망이 가진 획일성과 그 구조적 폐쇄성을 「C1+Y=:[8]:」(은)는 한 도시학 연구자가 만나게 된 스케이트보드 클럽인 '숏컷라이더즈'를 등장시켜 그 불가능성에 대한 가능성을 모색하게 한다. 이 작품에 등장하는 도시학 연구자인 화자는 "정글의 원리를 서울에다 적용시키면서 도시의 속성을 파악하고 서울의 구조를 '정글짐'과 같은 단순 명료한 형태로 표현해내는 것"(11~12쪽)을 목표로 하고 있다. 그리하여 실제로 정글로 떠난 화자는 "정글이 단순한 자연이 아니라 거대한 생명체"(15쪽)라는 두려움과 함께 "도시를 떠나서는 살아갈 수 없다"(11쪽)는 명징한 사실을 깨닫고 돌아온다. 이어 매달리게 된 두 가지 연구의 하나는 "정글의 자연구조와 원리를 결합한 후 하나의 정글 흐름도로 완성하여 그 결과물을 도시개발계획에 적용하는 작업"(16쪽)이고, 다른 하나는 "도시의 낙서 연구"(17쪽)였다. 화자의 관심은 후자에 더 기울어져 있었는데, 이 과정에서 스케이트보드 클럽의 회원들이 쓴 낙서를 발견하게 된다. 그 낙서 끝에는 언제나 스케이트보드를 상징하는 "네 개의 원과 하나의 사각형으로 이뤄진"(19쪽) 그들만의 낙관이 씌어져 있었고, 이후 화자는 스케이트보드가 어딘가의 방향을 가리키는 것처럼 미묘하게 틀어져 있는 것을 발견하게 된다.

스무 명 남짓한 회원으로 상교동에서만 스케이트보드를 타는 클럽인 숏컷라이더즈의 문양이라고 할 수 있는 낙관에서 화자는 하나의 규칙을 발견하게 된다. "길이 갈라지는 곳마다 스케이트보드 낙관이 찍힌 낙서"(31쪽)는 그들의 "내비게이션이나 마찬가지였다"(31쪽)는 사실이다. 그 내비게이션은 신호등을 만나지 않고 횡단보도를 건너지 않고 스케이트보드를 탈 수 있는 그들만의 비밀 이동로였다. 화자는 그 낙서가 가리키는 방향을 따라가면서 "서울 한복판에 아직도 이런 곳이 존재한다는 사실이 놀라울 정도로 좁은 골목"(32쪽)들을 만나게 된다. 이는 대도시의 교통 관리 시스템이 규율하지 못하는 다양한 생성과 변화의 가능성을 품고 있는 여지이고 틈새다. 신속성과 효율성을 강조하는 대도시의 물류 시스템 하에서 도로 상의 이동의 주체는 차량이지 사람이 아니기 때문이다. 최근 삶의 질에 대한 관심이 전 세계적으로 커지면서 이동수단에 대해서도 적색교통보다는 녹색교통에 대한 선호가 높아지고 있다.[8] 이 작품에서 스케이트보더들이 자신들만의 비밀이동로를 확보하고 있었다는 사실은, 차량이라는 적색교통에서 벗어나 녹색교통 관련 계획에 대한 필요성이 제기되고 있는 사회적 상황과

---

8) 지우석·구연숙·좌승희, 「보행환경 만족도 연구」, 『경기개발연구원 기본연구』, 2008, 3쪽.

맥락을 같이 한다.

내가 만들고 싶은 도시가 있었다. 모든 골목과 골목이 이어져 있고, 미로와 대로의 구분이 모호하고, 골목을 돌아설 때마다 사람들이 깜짝 놀랄 만한 또다른 풍경이 이어지며, 자신이 지나온 길을 되돌아가기도 쉽지 않을 정도로 무수히 많은 갈래길이 존재하는 도시를 만들고 싶었다. 도시의 외곽에는 바다가 있어, 아무런 기대도 하지 않다가 문득 코끝으로 비린내가 훅 끼치는 순간 파도가 자신에게 몰려드는 풍경을 사람들에게 선사하고 싶었다.

(32쪽)

여기에 도시학 연구자인 화자가 소망하는 도시 설계의 이상이 담겨 있다. 이는 효율과 능률을 우선시 하는 기능적 연관에 의해 건설된 획일적인 도시 시스템이 아니라, 미로와 같은 길의 복잡성, 마주치는 풍경의 우연성, 더 나아가 자연과의 내연성內緣性을 지닌 도시의 특성을 가리킨다. 현재 우리의 도로명에 기초한 좌표식 위치 인식은 이러한 우연성을 철저하게 부정한다. 가령 도로명 주소가 일상에 정착하지 못하는 이유는 우리의 공간 지각空間 知覺 양식과 배치되기 때문이다. 카메라로 치면 우리가 상위 공간에서 하위 공간으로 이동하는 줌인zoom-in 전략을 통해 피사체에 접근한다면, 서구인은 그 반대인 줌아웃zoom-out

전략에 익숙하다.9)

지형과 역사성에 기초한 공간지명이 이처럼 선과 선에 의해 분절되어 하나의 점(좌표)으로 인식될 때, 공간 속에 내재한 무수한 길과 그것들이 뒤엉켜 만들어내는 다양한 문화와 소통의 가능성은 소멸하게 된다. 특히 자연과 인간이 획일적으로 구분된 현재의 도시환경은 "아무런 기대도 하지 않다가 문득 비린내가 훅 끼치는" 것을 느끼고 느닷없이 바다를 맞이할 가능성은 전무하다. 이러한 측면에서 화자가 꿈꾸는 도시 프로젝트는 현재 도시에서 결여된 것이 무엇인지 역으로 보여준다고 할 수 있다.

스케이트보드 낙서를 따라가다가 "갑자기 나타난 바다와 같이"(32쪽) 만나게 된 '보드빈터'에서 화자는 자신이 만들고 싶었던 도시의 모습을 발견하게 된다. 그곳은 스케이트보드를 탈 수 있는 장애물이 놓여 있는 곳으로 화자에겐 일종의 작은 도시처럼 보인다. 그 공간은 조밀하게 구획되고 배치된 대도시의 공간 속에 존재하는 일종의 공백적 장소이며, 스케이트보더들만이 알고 있는 놀이터이며, 어디에도 존재하지 않는 그들만의 유토피아다. 화자는 "시티는 스케이트보드"(39쪽)라는 뜻을 재미있게 표현한 「C1+Y=:[8]:」이라는 논문을 발표하는데, 그 "주제는 스케이트보드 길이 많아져야 도시에 새로운 문화가 생긴

9) 박재창, 「겉도는 도로명 住所 어찌할 것인가」, 『문화일보』, 2015.5.19.

다는 것"(39쪽)이었다. 오늘날의 도시는 자본을 흐르게 만드는 집합시설들의 네트워크, 생산기계였다. 도시는 무엇보다 '작동하는operateur' 기계인 것이다.[10] 기능적 배분에 의해서 작동하고 있는 현대 도시에서 생산에 기여하지 못하는 '빈 터'란 원칙적으로 존재할 수 없다. 스케이트보더들만이 알고 있는 도시의 길, 그리고 그들이 하나의 유토피아로 삼고 있는 보드빈터. 이는 과밀성과 이를 유지하기 위한 제도의 틀 속에서 질식당하고 있는 우리 도시에 필요한 대안적 소통의 흐름과 빈 터라는 공간의 필요성을 제기한 것으로 볼 수 있다.

4. 유리 마천루와 도시문명의 취약성

현대 도시의 즐비한 빌딩들의 외관은 대체로 유리로 되어 있다. 커튼월curtain wall은 하중을 차지하지 않는 건축 외장용 벽체로 기둥, 보, 바닥판으로 형성되는 구조부frame의 외부를 유리, 금속재 또는 무기질의 재료를 사용하여 공간의 수직방향으로 막아주는 비내력벽을 총칭하는 것으로 정의된다.[11] 그것은 콘크리트 외벽에 네모난 구멍을 낸 창문이 아니라, 건물 전체가

---

10) 임동근, 「미래도시, 대안사회 논의의 출발점」, 『문화과학』 80호, 2014, 57~58쪽.
11) 조봉호·윤경조·임형창, 「스틸 커튼월 시장동향 및 초고층 커튼월 적용성 평가」, 『한국강구조학회지』 22(2), 2010, 27쪽.

유리외벽glass curtain wall에 둘러싸여 있는 거대한 유리성의 모습이라고 해야 한다. 이렇게 건물 외벽에 잇달아 붙어 있는 유리창이 아무런 예고도 없이 떨어져 인명을 살상하게 된다면 어떤 일이 벌어지게 될 것인가. 「유리의 도시」는 이런 상황에 착안하여 유리 마천루의 가공할 위협과 공포를 구체적으로 형상화하고 있다.

"충격을 받은 흔적도 없고, 칼로 도려내거나 뜯어낸 흔적도 없"(210쪽)이 연달아 유리 추락사고가 일어나자 재해방지대책본부 소속 이윤찬과 도심테러격파본부 소속 정남중이 사건 조사를 맡게 되는데, 이 과정이 서사의 내용을 구성하고 있다. "위치도 달랐고 사무실의 업종도 달랐고, 층수도 달랐고, 유리의 크기도 달랐고 떨어진 시각도"(212쪽) 다른 이 사건은, 앞으로 "어떤 유리가 떨어질지" "떨어지는 것을 알아차린다 해도 피할 수 있을지 의심"스러운 미증유의 공포를 만들어낸다. 건축가인 하성우를 만나 자문을 얻고자 하지만 제대로 된 정보를 얻어내는 데 실패한 이윤찬은 이틀 후 유리 성분에 대한 검사결과를 받게 된다.

이윽고 사고 현장에서 채취한 유리에서는 알루미노코바륨이라는 물질이 검출된다. 누군가 이 성분을 이용해 "원하는 순간에, 원하는 장소의 유리를 박살낼 수 있"(218쪽)다는 사실을 알게 된 이윤찬은 범행의 동기에 대해 의문을 품기 시작한다. 그는 최근 사고가 난 유리는 모두 리파인 팩도리[건물을 부수지 않고 외관만 유리로 교체하는 방법(220쪽)]에 의해 시공된 것이라는 공통점을 발견한다.

사실, 알루미노코바륨은 유리 연구원 고은진이 "안전접합유리의 넓이와 안전성 관계를 연구하던 중 우연히 발견한"(225쪽) 물질이다. 그녀는 이 물질이 유리를 일순간에 수축시킬 수 있다는 사실을 알게 되었다. 친구 정지현이 아파트 14층에서 투신자살한 후 트라마우에 시달리던 그녀는 "눈에 보이는 모든 유리를 바닥으로 떨어뜨려 엄청나게 시끄러운 소리를 내고 싶다"(229쪽)는 생각에 이르게 된다. 마침내 이윤찬과 정남중은 고은진이 초음파가 발사되는 총을 건너편 목표물의 유리를 겨누고 있을 때, 그녀의 체포한다. 정남중은 그 총이 울트라소닉 라이플인데, 알루미노코바륨이 섞인 유리에 쏘면 유리가 갑자기 수축해 틀에서 이탈한다는 사실과 그 수축의 폭은 습도가 높은 날일수록 크다는 것을 알아낸다.

이윤찬은 이 가공할 테러의 공포에 넋을 잃고 만다. 그는 이 도시에 유리가 너무 많다고 읊조린다. 그에겐 택시 창문에 부딪히는 빗방울조차 "먹을 것을 찾아 몰려드는 생물체처럼" 느껴지는 것이다. 사실 텍스트 밖의 현실에는 알루미노코바륨이라는 이름의 물질은 없으며, 유리에 알루미노코바륨을 넣고 울트라소닉을 쏘면 유리가 수축한다는 것 또한 사실 무근이다.

황당무계한 허구임에도 불구하고, 이 공상은 미끈하고 세련된 외관을 자랑하는 유리 마천루로 즐비한 현대 도시에 대한 불안과 공포에서 출발한 것이다. "거대한 고목이 그대로 고꾸라지듯 날카롭고 투명한 유리 덩어리가 아래로 떨어"(211쪽)져 마침내 "몇 사람의 머리를 때리고 눈을 관통하고 파편을 박은 다음 사방으로 뿔뿔이 흩어지는 유리조각"(211쪽)을 상상해 보라. "아름다웠을지도 모르겠다는 생각"이 들 만큼의 황홀함 뒤에 도사리고 있는 무시무시한 공포는, 예고 없이 찾아올 도시문명의 아포칼립스apocalypse를 비수처럼 내장하고 있다.

5. 도시 관리와 제어시스템

도시 유입 인구의 과밀화에 따라 대규모 복합단지가 건설되면서 도시는 효율적인 관리와 통제시스템으로 도시의 상품가치를 높이고자 한다. 이를 위해 시설과 에너지, 인적 정보에 이르기까지 모든 관리시스템을 중앙통제 방식으로 제어하게 된다. 이는 한 건물이나 지역의 냉난방, 위생, 조명, 화재 및 보안 경보, 승강기 관리, 주차 관제, 입주자 및 입주업체 정보 등을 중앙집중 방식으로 관리하고 있는 것을 의미한다.

「1F/B1」은 망의 형태로 네트워크화되어 있는 도시 관리 조직의 배후를 탐색하고 있는 작품으로서 SMslash manager으로 지칭되는 '네오타운 건물관리자연합'과 80층짜리 복합상가 건설을 계획하고 있는 '비혼개발' 사이의 일명 '암흑 속의 전투'를 기록하고 있다. 이 작품에서 구현성은 고평시 건물관리자연합을 조직한 사람으로서 『지하에서 옥상까지: 건물 관리 매뉴얼 1. 모든 건물은 마찬가지다』를 출간한 조직의 보스이고, 이문조는 현장업무를 담당하는 그의 행동대장이다. 구현성은 그의 책에서 건물관리자들이 처음에는 옥상이나 고층에 살다가 컴퓨터와 CCTV에 밀려 그 위상이 점차 낮아져 형광등이나 에어컨 필터를 교체하거나 막힌 배관을 뚫는 허드렛일을 맡아 하는 지하생활자로 변해버렸다고 밝히고 있다.

그러던 중 네오타운의 불빛이 일제히 사라져 버린 일이 발생한다. 관리자들은 정전사태를 빠른 시간 내에 복구하려 애쓰지만 일은 쉽게 해결될 기미를 보이지 않는다. 이때 홈세이프빌딩의 건물관리자인 윤정우는 이문조의 비상전화를 받게 된다. "지금 네오타운 전체가 정전이 됐어. 누군가 전력선을 다 끊어버리고 컴퓨터 시스템도 먹통으로 만들어놨어. 어떤 지랄맞은 새끼들인지 모르겠지만 우리랑 한판 붙겠다는 거지." 이어 이문조는 윤정우에게 책상을 밀어볼 것을 요구하는데, 거기에는 어두운 통로로 이어지는 문이 있었다.

이 작품에서 전제되어 있는 다음과 같은 공간 구조는 작가의 상상력이 빛을 발하는 부분으로서 주의를 요한다. 모든 지하관리실에는 비밀문이 있고, 이와 통하는 비밀통로로 건물들의 관리실이 이어져 있으며, 그 한가운데 관리자들의 비밀관리실이 있다는 설정이 그것이다. 그곳은 "일층과 지하 일층 사이의 어떤 곳", "슬래시(/)처럼 아무도 존재를 눈치채지 못하는 아주 얇은 공간"(196쪽)이다. 이는 1F와 B1 사이를 비집고 들어가 애초에 존재할 수 없는 비물리적 공간의 틈새를 확장한 것으로서 네트워크화되어 있는 도시관리시스템에 대한 하나의 메타포라고 할 수 있다.

한편, 네오타운의 정전 사태는 네오타운의 가치를 떨어뜨려 그 자리를 차지한 후, 그 자리에 팔십 층짜리 초현대식 복합상가 건설을 계획하고 있는 비혼개발과 그 건물의 관리권한을 미끼로 그들과 거래를 한 구현성의 음모였다는 사실이 밝혀진다. 그 암흑의 전투에서 "특공직원들은 물건이나 돈을 훔치기도 했고, 마음에 들지 않는 사람을 폭행하기도 했고, 시설물을 때려부수기도 했다"(199쪽). 이 전투를 기점으로 네오타운의 가치는 가파른 내리막길로 접어들었는데, 구현성은 자취를 감추었고, 네오타운 건물관리자연합은 공식 해산하기에 이른다. 윤정우는 슬래시 기호(/)처럼 사이에 끼어 있는 자신들의 존재를 떠올리며 비밀관리실로 가는 작은 통로의 문을 열어놓은 채로 건물관리자들을 위한 책을 준비하고 있다. 이 거대한 도시를 유지하기 위해 비밀처럼 존재하는 건물관리자들인 슬래시 매니저들을 위해서 말이다. 그러한 의미에서 망의 형태로 존재하는 건물관리는 하나의 관리시스템이기도 하지만 1F와 B1의 슬러시 '사이'에서 묵묵히 자신의 존재를 감당하는 자들의 소통을 의미하는 양가적 의미를 나타낸다. 따라서 숫자로는 존재하지 않는 얇은 공간인 비밀 관리실은 감시와 통제, 소설의 표현을 빌리면 "조종"의 매개가 아니다. 그곳은 '/'와 같이 "그저 사이에 있는 사람들"을 하나로 묶어주는 교감과 연대의 장소다.[12]

「3개의 식탁, 3개의 담배」는 '메갈로시티의 라이프 컨트롤센터'에서 부여받는 생명의 시간을 살아가는 한 사람의 킬러와 18세쯤 되어 보이는 여자아이와의 우연한 만남을 다룬 이야기다. 킬러 남자의 생명 시간은 394200에서, 여자아이는 100에서 매 시간 1씩 줄어들고 있다. 이들의 남은 시간은 각자가 차고 있는 시계에 표시되고 그것이 곧 이들의 이름으로 지칭된다. 여자아이의 몸은 뼈만 남은 시체와 같고 얼굴에는 수십 개의 흉터가 얽혀 있어 기괴함을 자아낸다. 남자는 여자아이에게 맡겨진 생명이 고작 100시간에 불과하다는 것을 알아채고 그것을 개인적인 불운으로 일축하는 냉정함을 나타내 그녀의 마음을 상하게 하지만, 그녀는 곧 남자의 차에 올라타 "인생을 압축해서 체험"(137쪽)할 수 있다는 블랙홀 체험관으로 향하게 된다. 그

---

12) 차미령, 「발명가 김중혁씨의 도시 제작기」, 『1F/B1 일층, 지하 일층』, 문학동네, 2012, 298쪽.

사이 남자는 노엘-42에게 들러 예정된 킬러의 임무를 수행한다.

생명의 생리·대사·발생·행동·노화 등을 담당하는 생물학적 시계bio-clock가 DNA코드에 내장되어 있지 않고, 메갈로시티의 라이프컨트롤 센터에서 인위적으로 세팅된다는 사실은, 미래의 정보과학이 인간의 게놈의 영역에까지 침투했음을 의미한다. 여기서 생명은 더 이상 신의 영역이 아니고 신비한 그 무엇도 아닌 것으로 변질된다. 우리 몸이 정보체계information system로 환원되어 디코딩·리코딩, 분리, 조직, 번역, 편집, 프로그램 할 수 있는 질료로 간주됨으로써, 끊임없이 수정, 변형, 설정, 증강, 개조되고 창조될 수 있는 가변적 존재로 여겨지게 된다.13) 그러한 맥락에서 인간은 하나의 기억소자memory element에 불과하고, 인간의 삶이란 정보처리information processing의 과정일 뿐이다. 따라서 "죽는다는 건 그냥 줌아웃되는"(145쪽) 것일 수밖에 없다. 여기서 인간의 병고와 죽음을 둘러싼 종교적 심판이나 내세관은 철저하게 무화되고, 냉혈안과 같은 킬러의 무심한 속에는 죽음에 대한 윤리적 태도는 자리할 수 없다. 그저 담배 폭약이 그를 우주 멀리 날려버리면 그뿐인 것이다.

남자와 함께 블랙홀 체험관에서 "여러 겹의 우주"(152쪽)를 경험하고 나온 여자아이는 자신의 시간이 96이 될 때까지 공원

---

13) 김남옥·김문조, 「고도 기술시대의 몸: 포스트휴먼 신체론(2)」, 『사회사상과 문화』 29, 2014, 259쪽.

을 걷는다. 그러다 그녀는 남자에게 폭죽을 터뜨려 자신을 우주로 보내달라고 부탁한다. 생의 시간이 얼마 남지 않는 그녀는 스스로 죽음을 선택하려 한다. 남자는 그녀를 만류하지만 결국 원하는 대로 해주겠다고 말한다.

다음 작업 대상인 '토드'의 집에 간 그는 무엇인가가 발목을 스치고 지나가는 것을 느낀다. 그것은 토드가 설치한 '앵클 커터'였는데, 그것이 발목을 베자 그의 다리에서 피가 뿜어져 나온다. 그는 아무런 고통도 느끼지 않는 듯, 담배를 한 대 피우고 갈 수 있게 해줄 것을 요청한다. 폭파장치가 설치되어 있는 담배는 타들어가고, 우주로 가고 싶다는 그녀는 옥상의 안테나를 붙들고 있다. 잠시 후 쾅, 하는 폭발음과 함께 회오리바람이 일고 물건들이 공중으로 떠오른다. 마침내 2차 폭발이 일어나고 모든 것이 솟구쳐 오른다. 이처럼 인간의 DNA와 생명까지도 하나의 데이터의 형태로 수치화하고 이를 제어함으로써, 마침내 죽음까지도 하나의 유희처럼 받아들여지는 메갈로시티의 시스템은 미래 과학도시의 불모성을 여실하게 보여주고 있다.

6. 대타자로서의 자연과 도시문명의 허구성

거대한 문명의 정글이라고 할 수 있는 도시에서 상상하는 자연은 실체가 아닌 관념으로 자리한다. 대체로 자연에 대한 막연한 동경과 향수가 투사된 원초와 신성의 이미지가 그것이다. 르네상스 시대의 자연을 정의내린 머선트Carolyn Merchant에 따르면 이는 "자연을 자비롭고 평화스럽고 전원적으로 보는 관점으로 소위 아르카디아적인, 즉 옛 그리스 산 속의 이상향인 목가적 정취를 의미"하는 것으로 "도시에서의 도피와 관계"가 있다.14) 여기에는 자연이 가지고 있는 가공할 위력과 공포가 철저하게 무시된다. 「바질」은 문명사회의 도시인의 의식 속에 망각되어 있는 자연의 가공할 위력을, 무시무시한 괴식물로 변해버린 바질을 통해 형상화하고 있다.

작품의 전반부는 지윤서를 초점화자로 내세워 바질 씨앗을 입수하게 된 경위를 먼저 제시한다. 그녀는 박람회 참가를 위해 암스테르담에 갔다가 꽃시장에서 "다른 세계에서 이 세계로 물건을 팔러 나온 행상 같"(95쪽)은 할머니에게서 바질 씨앗을 사게 된다. 귀국 후 그녀는 집 뒤의 야산에서 퍼온 흙을 화분에 옮겨 담고 거기에 바질 씨앗을 심는다. 이윽고 사흘 후 바질은 싹을 틔웠고, 한 달이 지난 후에는 질식할 것 같은 엄청난 향이 집안 가득 퍼지기 시작한다. 어쩔 수 없이 바깥쪽 창틀에 내다 놓을 수밖에 없었던 바질은, 그녀가 일에 파묻혀 지내는 사이 시들고 말았다. 결국 지윤서는 그 화분에 있던 흙을 창밖으로

---

14) 전혜자, 「한국현대문학과 생태의식」, 『한국현대문학연구』 15, 2004, 42~43쪽.

모두 버린다. 이처럼 아무 것도 아닌 것 같은 미미한 서사의 단초는 앞으로 엄청난 비극의 서막이 된다.

사실 그녀의 집 뒤에 있는 야산은 아무도 신경 쓰지 않는 황무지 같은 공간이었다. "시내 한복판에 그런 야산이 있다는 것을 신기해하는 사람도 있었지만"(97쪽) "가시덤불과 덩굴과 누군가 몰래 갖다 버린 쓰레기"(97쪽)만이 그곳을 차지하고 있을 뿐이다. 도심의 주택가에 있는 야산이라는 자연은 이처럼 완벽한 타자의 위치에 놓여 있다. 공원이나 산책로로 개발되지 않은 자연이란 그저 버려진 땅이거나 미개발지일 뿐이다. 죽어버린 것으로 생각해 야산에 도로 내버린 바질 화분 속 흙에서 괴식물이 급속하게 자라나는 것은, 지윤서의 헤어진 남자친구인 박상훈에 의해서 감지된다. 그녀의 "집을 지날 때마다 이상한 냄새가 났고, 집 뒤 덤불이 커지고 있는 것"(101쪽) 같은 느낌을 받은 그는, 그것이 "지윤서와의 거리를 만들기 위해 마음이 꾸며낸 향기고 생각이 꾸며낸 형체"(101쪽)일 뿐이라고 스스로의 마음을 진정시키려 하지만, 냄새는 점점 짙어지고 덩굴은 더욱 커져만 간다.

이에 박상훈은 구청에 전화를 걸어 지윤서의 창문을 뒤덮은 엄청난 크기의 덩굴을 제거해 줄 것을 요청하고, 자연환경산림관리과의 차우영이 현장에 나오게 된다. 차우영은 작업용 칼로 내리쳐 보지만 덤불은 조금도 줄어들지 않고 제멋대로 헝클어

져 버린다. 잠시 후 지윤서가 출근하지 않아 찾아왔다는 그녀의
직장동료인 허미연의 말을 들은 박상훈은 집안에서 지윤서가
죽어가고 있는지도 모른다는 공포에 휩싸여 그녀 집의 창문을
뛰어넘는다. 하지만 그녀는 집 안에 없고 창문을 타고 들어온
덩굴이 바닥을 기고 있을 뿐이었다. 이윽고 박상훈은 지윤서가
덤불 속에 들어가 있는 것이 아닐까 하는 생각에 이르게 된다.
그에게는 덤불 속에 갇혀 도움을 기다리고 있을 그녀의 얼굴이
어른거린다. 그는 덤불의 내부로 통하는 콘크리트 파이프 속으
로 들어간다.

한편 벽에 기대 잠이 들어 있던 차우영은 "지네 같은 절지동
물"(120쪽)이 기어 나오는 것처럼 느껴지는 덩굴에 말목을 붙들
리고 허리가 감겨 덤불 속으로 끌려 들어가고 만다. 그리하여
지름 삼 미터 정도 되어 보이는 작은 공터 같은 덤불 속 한
구석자리에 누워 있는 여자를 발견하게 된다.

차우영은 괴식물이 지윤서의 몸에 빨판처럼 달라붙어 그녀의
몸에서 피를 빨아먹고 있는 모습을 목격한다. 그것은 그에게
차라리 "식물이 아니라 동물"(124쪽)처럼 느껴진다. 이윽고 박
상훈도 콘크리트 파이프를 통해 덩굴 내부로 들어오고 그가
지윤서의 팔을 잡아당기려 하자, 덩굴은 오히려 박상훈의 발을
휘감아 제압한다. 차우영이 칼을 들고 덩굴을 잘라내 지윤서를
끌어내 보니, 아직 숨이 끊어진 상태는 아니었다.

고작 몇십 미터밖에 도시가 있고, 고층빌딩들이 눈앞에 보이는데도 불구하고 그는 이 괴식물로부터 빠져나가지 못하고 있다. 덩굴은 끊임없이 박상훈에게 달려들고 그가 칼을 휘두를 때마다 줄기는 두 동강이나 강렬한 바질 향을 풍긴다. 괴식물의 공포가 이처럼 도시 한복판에서 펼쳐지고 있다는 것은 도시라는 거대한 문명 정글의 허점이다. 자연의 위력을 완벽하게 제압하고 더 나아가 효과적으로 제어하고 있다는 착각 속에 살아가는 현대 도시에서 이처럼 원시적인 공포가 시퍼렇게 숨 쉬고 있는 모습 속에는, 자연 위에 군림한 듯 살아가는 인간에 대한 자연의 반격이라는 알레고리가 숨어 있다.

「크라샤」는 마술을 모티프로 '있음'과 '사라짐', '사라짐'과 '나타남'의 관계를, 도시성의 맥락에서 대비적으로 풀어낸 작품이다. 화자인 '나'(이강민)는 가구점을 운영하는 마흔 일곱 살의 남자로 마술 아카데미에서 마술을 배우고 있다. "가능하게 할 수 있는 게 별로 없던 때"(244쪽), 화자는 "불가능을 가능하게 하는 마술"(244쪽)에 사로잡히고 만다. 그러던 중 마술 아카데미 '장연창' 선생으로부터 세계적인 마술사 '하미레즈'의 방한 소식을 듣게 되고, 하미레즈 쇼의 오프닝 기획에 참여하게 된다. 그 마술은 건물 하나를 통째로 사라지게 하는 마술이다. 화자는 메이트가 된 스무 살 청년인 '다빈'과 함께 장연창이 지도에 표시해둔 건물을 찾아간다. 그 건물은 재개발 지구에 있는 낡은

4층짜리 건물인 '운조빌빙'이었다. 화자는 그 건물이 "사람들이 사용하면서 낸 작은 생채기들이 모여 결이 되고 무늬가 된 낡은 책상"(260쪽)과 같다고 느낀다. 하지만 화자는 새로 개업하는 카페의 인테리어를 맡게 되면서 오프닝쇼 기획에서 점차 멀어지게 된다.

다빈이의 꿈은 "도시가 사라지는 마술"(255쪽)을 하는 것이다. 다빈의 집은 언덕이 많고 낡은 아파트와 오래된 건물이 많은 곳에 있었는데, 그는 유년시절부터 도시의 불빛을 바라보며 "나는 맨날 얻어터지기만 하는데, 저 새끼들은 불 켜놓고 신나게 노는구나"(255쪽) 생각하며 열패감을 달랬다. 그때부터 그는 도시를 한 순간에 연기처럼 사라지게 하고 싶었다고 말한다. 이처럼 자신의 상대적 박탈감에 기반한 그의 마술에 대한 소망은 무엇인가를 사라지게 하겠다는 것으로 구체화된다. 하지만, 내가 가장 자신 있게 하는 마술은 무엇인가를 "눈앞에서 사라지게 했다가 다시 나타나게 하는" 베니싱 마술이다. 이는 그가 폐가구를 분쇄해 가루로 만들고 이를 다시 판자로 만들어 가구를 제작하는 과정을 마술처럼 여기는 일과 상통한다. 가구점 일을 하면서 그가 느낀 이러한 직관은, 진정한 마술이란 무엇인가를 사라지게 하는 것이 아니라, 사라진 것을 다시 나타나게 하는 것이라는 불가능의 가능성을 의미한다.

마술쇼의 리허설이 열리는 운조빌딩 현장에는 이미 건물은 철거되어 있었다. 다만 하얀 천이 운조빌딩이 사라진 허공을 덮고 있었다. 화자는 그 자리에서 이 마술에 대해 강한 회의를 품게 된다. "건물을 없앤 다음 있는 것처럼 꾸몄다가 영원히 사라지게 하는 마술"(271쪽)을 그는 마술이라고 부를 수가 없었던 것이다. 화자는 텔레비전을 통해 실재하지 않는 운조빌딩이 하얀 천으로 떠올랐다가 툭 떨어져 사라지는 허상을 목도한다.

그해는 모든 게 허물어지고 사라지는 시기였다. 봄에는 오래된 다리 하나가 무너지는 바람에 시민 두 명이 다치는 사고가 있었고, 여름에는 뉴타운 건설을 위한 대규모 철거 사업 때문에 도시가 떠들썩했다. 가을에는 마술쇼와 함께 운조빌딩이 사라지는 걸 봤고, 겨울에는 끝내 어머니가 돌아가셨다. 어머니가 돌아가시자 한 해가 끝났다는 기분이 들었다.

(272~273쪽)

이렇게 모든 것이 사라지는 것을 속절없이 바라보아야만 했던 나는 "삶과 마술을 때때로 바꾸고"(273쪽) 싶어진다고 말한다. 찢어진 화장지가 다시 붙는 대신 어머니가 되살아나기를, 스카프가 비둘기가 아닌 돈으로 변하는 것을 꿈꾼다. 운조빌딩이 사라진 자리에는 거대한 쇼핑몰이 들어섰는데, 화자가 꿈꾸는 마술이란 이러한 재개발이라는 명목으로 진행되는 도시의 환각

술이 아니다. 그의 꿈에 가끔 나타나는 어머니 같은, 사라진
다리가 다시 눈에 나타나는 것 같은, 쇼핑몰 대신 운조빌딩이
모습을 드러내는 것과 같은, 이런 환각이야 말로 그가 소망하는
마술적인 꿈의 현현이다. 모든 것을 잘게 부수는 기계인 'crusher'
의 발음을 옮겨 적은 크랴샤라는 말을 처음 본 순간, 그것을
"마술에 쓸 주문"(243쪽)으로 여긴 것도, 존재의 "최후의 이름들"
인 "분쇄된 가루"(273쪽)로 무엇인가를 새롭게 만들어내고 싶다
는 화자의 소망과 맞닿아 있는 것이다. 그런 의미에서 화자의
크랴샤는, 소중한 모든 것들을 사라지게 하는 도시화의 지배적
논리에 맞서, 사라져버린 소중한 것들을 다시 불러들이고, 그리
운 것들을 우리 앞에 다시 나타나게 하는 신비의 주문인 것이다.

7. 새로운 도시의 미래를 위하여

이상에서 살펴본 바와 같이, 김중혁의 소설 『1F/B1 일층, 지하
일층』은 현대 도시를 규율하는 시스템과 구조, 그 안에서 작동
하는 삶의 방식, 더 나아가 그 대안적 측면을 총체적으로 고찰한
보고서이자 현대 도시의 파국성을 드러낸 묵시록이다. 「냇가로
나와」에서는 도시를 가로지르는 천천于川을 배경으로 풍속의 유
민이 되어 버린 뗏목꾼 '통나무 김씨'를 통해 도시환경의 질적
변화를 고찰하고, 도시인의 삶이 어떻게 비생태화하는지를 예

각적으로 포착하고 있다. 「C1+Y=:[8]:」에서는 스케이트보더들만이 알고 있는 도시의 길을 통해 현대 도시의 혈관이라고 할 수 있는 도로망의 폐쇄성에 대한 성찰을 이끌어내고, 도시의 과밀성에 대한 대안으로 스케이트보더들이 하나의 유토피아로 삼고 있는 보드빈터를 통해 도시 공간의 허파라고 할 수 있는 '빈 터'의 가치를 부여한다.

한편, 「유리의 도시」에서는 알루미노코바륨이 들어 있는 유리에 초음파가 발사되는 총을 쏘면 유리가 갑자기 수축해 이탈한다는 설정을 통해, 온통 유리외벽으로 이루어진 빌딩 숲속에서 살아가는 현대 도시에서 가해지는 테러의 위협성과 공포를 형상화하였다. 「1F/B1」과 「3개의 식탁, 3개의 담배」는 모두 도시 관리와 제어시스템에 기반한 소설적 상상력을 펼쳐 보인다. 전자의 경우는 팔십 층짜리 초현대식 복합상가 건설을 계획하고 있는 비흔개발과 SMslash manager으로 지칭되는 '네오타운 건물관리자연합' 사이의 '암흑의 전투'를 배경으로 망의 형태로 네트워크화되어 있는 도시관리조직의 배후를 탐색하고 있다. 후자는 미래도시의 한 시점을 배경으로 한 SF소설로서 인간의 생명마저도 데이터의 형태로 관리되고, 삶과 죽음까지도 무의미한 유희로 여겨지는 미래 과학도시의 불모성을 의미심장하게 전해주고 있다.

마지막으로 도시인이 상상하는 이상주의적 자연관에 대한 성찰을 제기하는 「바질」은 도시 한복판에서 괴식물로 자라난 바질을 통해 원시적 자연의 공포를 제기함과 동시에 자연의 공포를 거세했다고 여기는 인간의 교만에 대한 반성적 사유를 요구하고 있다. 「크랴샤」는 마술을 모티프로, 있어야 할 것을 단지 낡았다는 이유로 사라지게 하는 도시화의 지배적 논리에 맞서 사라진 것들을 어떻게 다시 불러들여야 할 것인가를 고민하고 있는 작품이다. 마술이란 있었던 것을 사라지게 하는 것이 아니라, 사라진 소중한 꿈들을 다시 나타나게 하고 현현케 하는 불가능성의 가능성이라는 것을 말하고 있다.

현대 도시의 위력과 불모성에 저항하는 문학적 상상력이 바로 이러한 자리에 있다. 작가 김중혁은 『1F/B1 일층, 지하 일층』에서 현대 도시의 삶 속에 존재하는 이면의 논리와 위험 사회의 뚜렷한 징후를 날카롭게 포착하였다. 거대한 문명의 괴물로 변해버린 현대 도시의 시스템 속에서 우리는 지금 어디로 가고 있으며, 그것이 가리키는 파국의 상황성을 막아내거나 적어도 늦추기 위해서는 무엇을 꿈꾸어야 하는지 그는 이렇게 문학적 주문을 외고 있다. 크랴샤! 아비규환의 도로가 아니라, 아찔한 유리 벼랑이 아니라, 생명까지 컨트롤하는 메갈로시티가 아니라, 테러의 공포가 아니라, 다시 생명과 공존과 평화를 모색할 수 있는 새로운 도시의 패러다임을 말이다.

4. 국가와 국가폭력

: 손아람 소설 『소수의견』, 주원규 소설 『망루』에 주제화된 법·국가·종교 담론

　　유럽 사회의 경우, 근대국가modern state가 형성되는 시기는 일반
적으로 16세기를 그 기점으로 본다. 이는 교황청의 권력 쇠퇴와
종교개혁이 연관되어 있다. 교황권의 축소는 각국의 국왕의 권력
을 확대시켰고 이와 함께 민족주의와 연결된 근대국가가 탄생하
게 된다. 이는 대문자 N을 가진 민족주의Nationalism의 존재를 실체
화하고 그런 후에 그것을 하나의 이념[1]으로 삼아 근대국가가
기획되었다는 것을 의미한다. 따라서 민족은 '발명'된 것인 동시

---

1) 베네딕트 앤더슨, 윤형숙 역, 『상상의 공동체: 민족주의의 기원과 전파에 대한 성찰』,
　　나남출판, 2002, 24쪽.

에 '상상'된 것이고, 그런 점에서 'nation=state'에 기반한 근대국가는 일종의 상상의 공동체imagined community[2]라고 할 수 있다.

이후 자본에 의한 '상설 군대'의 고착화와 '상시 전쟁 계획'에 따른 국가 간의 전쟁,[3] 나치즘과 같은 인종주의와 파시즘, 제국주의의 단계를 거치면서 근대국가 체제는 공리주의적 국가 개념, 야경국가론, 마르크스주의 국가관, 아나키즘, 복지국가론 등 다양한 논의로 확대된다. 하지만 모든 국가가 국가형성, 국민형성, 참여, 배분[4]의 순조로운 발전의 단계를 거치지는 않는다. 아직까지 초보적인 단계에 머물러 있거나, 구성원의 정치 참여와 배분의 요구를 폭력적인 방법으로 억압하는 비민주적 형태의 통치가 현존하고 있고 봉건적 국가 이데올로기의 잔재 역시 혼재되어 있기 때문이다.

우리나라는 일제 강점기, 미군정기, 한국전쟁을 거치면서 자발적인 근대국가 수립의 기회를 많은 부분 침식당했고, 이후 이승만 정권으로부터 시작된 독재와 군부독재의 기간을 거치면서 민주국가에 대한 열망은 폭력적인 방식으로 억압되었다.

---

2) 상상의 공동체로서의 ① 민족은 제한된 것으로 상상된다. 어떤 민족도 그 자신을 인류와 동일시하지 않기 때문이다. ② 민족은 주권을 가진 것으로 상상된다. 그 자유의 표식과 상징이 곧 주권국가이다. ③ 민족은 공동체로 상상된다. 이는 실질적인 불평등과 수탈에도 불구하고 민족은 언제나 심오한 수평적 동료의식으로 상상되기 때문이다.(위의 책, 26~27쪽.)

3) 박상섭, 『근대국가와 전쟁: 근대국가의 군사적 기초 1500~1900』, 나남출판, 1996.

4) Thomas M. Magstadt, *Understanding Politics: Ideas, Institution & Issues*(tenth edition), Belmont: CENGAGE learning, 2012, p.220.

4.19혁명, 광주항쟁에서 알 수 있듯이 국민들의 민주화에 대한 요구를 공권력을 동원해 무참히 짓밟았을 뿐만 아니라 용공조작을 통해 사회를 강압적으로 통제하려 했다. 이와 같은 국가폭력은 2000년대에도 다양한 형태로 나타난다. 법의 이름으로 자행된 국가폭력의 대표적인 사례인 용산참사, 국민의 생명을 지켜야 하는 국가의 책임을 방기하고 이를 은폐하려 했던 세월호 참사, 정권의 입맛에 맞게 국민을 적아로 나누어 부당한 폭력을 행사한 문화예술계 블랙리스트 사건이 바로 그것이다.

1. 제도와 폭력 그리고 대항담론

신자유주의 담론이 만들어내는 경쟁과 성장 일변도의 정책이 사회적 소수자에 대한 물리적·제도적 폭력을 일상화하고 있다. 도시 재개발을 둘러싼 주민과 당국의 갈등, 그리고 정치·법·종교의 이름으로 행사되는 권력(폭력)은 소설적 논쟁의 핵심적 발화점이다. 이를 분석함으로써 소수자에 대한 구조적 폭력성의 근원을 탐색할 수 있다는 데 이러한 접근에 의의가 있다.

'용산4구역 남일당 화재 사건'(이하 용산참사)5)은 2000년대

---

5) 이 사건은 2009년 1월 20일 서울시 용산구 한강로 2가에 위치한 남일당 건물 옥상에서 농성을 벌이던 세입자들과 이들을 무리하게 진압하는 경찰·용역 간에 충돌이 벌어지면서 철거민 5명과 경찰특공대 1명이 사망한 사건을 가리킨다. 이후 언론에서 이 비극적 사건을 '용산참사'라고 명명하였다.

국가폭력의 참상을 드러내는 비극적 사태 중의 하나이다. 이와 같은 문제에서 소재를 취하고 있는 손아람의 『소수의견』[6]과 주원규의 『망루』[7]는 이러한 사회적 폭력성을 탐색한 작품이다. 법정소설Legal thriller로 장르화할 수 있는 전자의 경우는 법의 차원에서 가해지는 제도적 폭력성을, 후자는 종교의 이름으로 행사되는 욕망과 구원, 권력과 저항을 다루고 있다. 이글은 이 작품을 중심으로 담론적 차원에서 제도와 폭력의 의미를 분석하고, 이를 문학사회학적 의미망으로 확대해 보고자한다.

이러한 접근은 1970년대 조세희의 『난장이가 쏘아올린 작은 공』(이하 『난쏘공』)에서 촉발된 도시빈민을 둘러싼 '권력과 저항'의 담론이, 2000년대 문학의 자장 안에서 어떻게 변모했는지 그 사적 의미를 고찰할 수 있을 뿐만 아니라, 현재의 사회적 현실에 대한 문학적 길항력을 모색할 수 있는 기회가 될 수 있다. 『난쏘공』의 구도는 "노동자/자본가의 대립구도를 확인하고 그 모순을 더욱 선명하게 부각시키기 위한 것"으로 "착취/피착취의 이분법으로 설명하는"[8] 도식성을 노정하고 있다. 이러한 이분법적 윤리관에도 불구하고 이 작품에 구현된 환상성과

---

6) 손아람, 『소수의견』, 들녘, 2010.

7) 주원규, 『망루』, 문학의문학, 2010.

8) 김윤식·정호웅, 『한국소설사』, 예하, 1993, 398쪽.

동화적 분위기는 빼어난 미학성을 드러내지만[9] 그 이면에는 계급적 억압구조 자체를 미화한다는 역설도 내포하고 있다. 자본주의 사회는 계속해서 분화되며 복잡한 지배구조를 형성해가기 때문에 단순한 이분법으로는 그 심층구조를 파악할 수 없으며, 이러한 맥락에서 법·국가·종교라는 지배담론 체계에 대한 고찰은 필수적으로 요구된다.

2. 법의 의미와 한계

손아람의 『소수의견』은 아현동 뉴타운 재개발 사업 부지 현장에서 강제철거에 저항하며 망루에 올라간 철거민과 이를 진압한 경찰 사이에서 발생한 사망 사건을 중심으로 한, 일종의 법정 소설이라고 할 수 있다. 이러한 논란의 핵심은 철거민 박재호 씨의 아들(박신우)과 진압 경찰(김희택), 이 두 사람의 죽음을 둘러싼 책임 공방인데, 작가는 이 과정에서 법의 한계와 법치의 모순을 예각적으로 파헤치고 있다.

"지난 2월말 경찰이 아현동 뉴타운 재개발 사업부지의 현장을 점검하고 있던 철거민들에 대한 진압에 들어갔습니다. 철거민들은 망

---

9) 우찬제, 「조세희의 '난장이가 쏘아올린 작은 공'의 리얼리티 효과」, 『한국문학이론과 비평』 21, 2003, 178쪽.

루를 세우고 저항했지요. 진압 중 폭력 사태로 철거민 한 명과 경찰 한 명이 사망했고. 죽은 철거민은 열여섯 살 학생이고 폭행으로 사망했는데, 현장에 같이 있었던 사망한 학생의 아버지가 진압 경찰 중 한 명을 둔기로 내리쳐 골로 보낸 모양이오. 검찰은 그 아버지를 특수공무방해치사 혐의로 구속기소했소. 지금 피고인은 서울 구치소에 수용되어 있어요. 가능하면 오늘 중으로 만나보세요."

(36~37쪽)

사건의 개요는 열여섯 살 학생이 폭행으로 사망했고, 사망한 학생의 아버지가 둔기로 경찰을 사망하게 한 것인데, 이 둘 사이의 인과관계와 정당방위 여부가 사건의 핵심이다. 이로 인해 박신우의 아버지 '박재호'와 철거용역인 '김수만'이 피고인의 자격으로 법정에 서게 된다. 검찰 측의 입장은 박재호가 경찰의 진압작전에 저항해 진압 경찰 김희택을 사망하게 하였고, 철거용역 김수만이 박재호의 아들 박신우를 사망하게 하였다는 것이다. 그러므로 검찰은 이 두 사건 사이의 인과관계를 원천적으로 차단하고 있으며, 철거민의 아들 박신우에 대한 공권력의 책임을 원천적으로 무화시키려 한다. 이에 반해 박재호와 그의 변호인 측은 박신우를 죽게 한 것은 철거용역이 아니라 진압경찰이고, 진압경찰을 죽인 것은 폭행을 당하고 있는 아들을 구하기 위해서라고 주장한다. 그러나 유감스럽게도 법에는 사태의 진실도, 어떠한 정의도 없었다는 것이 이 작품이 말하고자 하는 주장의 요체다.

　"이제 법률적인 견해란 말은 지겨워요. 나한테는 그게 세상에서 제일 비겁한 말로 들립니다. 인간적으로 말해보세요. 윤변호사님도 변호사이기 이전에 자기 생각을 가진 인간 아닙니까. 윤변호사님이 제 입장이라면 어떻게 하셨겠습니까?"

　그의 손이 주먹을 쥐었다. 어떻게 하겠냐고? 나는 망설였다. 정지된 시간 속에 박재호의 삶이 펼쳐졌다. 그는 한 사람이 아니었다. 그는 역사였다. 그는 때로는 동정 받았고, 때로는 착취되었다.

　(…중략…)

　"박재호 씨는 아드님을 잃었어요. 5천만 원으로 끝내선 안 됩니다. 어떤 액수의 합의금으로도 턱없이 모자라요. 저라면 어떻게 하겠나고요? 저라면 몇 년이고 매달릴 겁니다. 이 사건은 판결까지 가야 해요. 1심에서 안 되면 고등법원, 대법원, 헌법재판소까지 두드려야 합니다. 이 사건의 판결이 법대 교과서에 실려서, 100년 동안 국가와 그 대리인의 오명이 낙인찍히도록 해야 돼요. 만일 패소한다면 판사의 이름까지도 말입니다.

(243~244쪽, 강조 – 인용자)

법에는 "변호사이기 이전의 자기 생각"이란 없다. 단지 변호사로서 법률적 해석만을 제시했을 때, 거기에는 사태의 진실은 없다. 그런 의미에서 "인간적으로 말해보세요"에 대한 법률적 답변은 항시 노코멘트일 수밖에 없다. 여기서 윤 변호사(이하 윤변)는 박재호에게 당신이 내릴 수 있는 "유일한 징벌"은 합의하지 않고 끝까지 "국가와 그 대리인의 오명이 낙인찍히도록" 하는 것임을 강조하고 있다. 그러나 윤변 역시 변호사로서 법의 테두리 안에서 사건을 해석할 수밖에 없다. 그런 의미에서 법 밖의 시각이라는 것은 법정에선 무의미할 수밖에 없다.

"박재호 씨한테 뭘 해줬는데요. 그 잘난 법정의 정의가 말이에요. 뭘 해줬냐고요. 전에도 말했잖아요. 저는 법을 믿지 않아요. 법을 믿지 않을 뿐이에요. 제가 역겹다고요? 그게 고결하신 변호사님께서 법 바깥의 세상을 바라보는 시각인가요. 처음부터 그랬던 거예요?"
(330쪽)

홍재덕 검사의 양형거래 육성이 녹음된 파일이 신문사 사회부 기자 이준형에 의해서 언론에 공개되었을 때, 장대석 변호사의 사무실이 압수수색을 당하는 일이 벌어지는데, 이를 앞두고 벌어진 논쟁에서 윤변에 대한 기자의 질타는, 법이 제시할 수 없는 법 밖의 세계에 대한 진솔한 문제의식을 제시한다. 윤변은 이준형 기자의 녹음파일 공개를 두고 역겹다는 거친 표현을 하지만, 그 여 기자는 그것이 변호사가 "법 바깥의 세상을 바라보는 시각"이냐고 응수한다. 기자는 "법정의 정의"가 아들을 잃은 박재호 씨에게 아무 것도 해준 게 없다는 것을 상기시키며 "법을 믿지 않"는다고 일축한다.

그러한 의미에서 "법은 정의가 아니다. 법은 계산의 요소며, 법이 존재한다는 것은 정당하지만, 정의는 계산 불가능한 것이며, 정의는 우리가 계산 불가능한 것과 함께 계산할 것을 요구한다".10) 어떠한 규칙에 의해서 정의가 보장되는 것은 아니다. 그럼에도 우리는 제도적인 틀 안에서 법을 인정하게 되고 그에 의존하게 된다. 이러한 아포리아aporia는 법이 "법적 목적들을 보호하려는 것이 아니라, 법 자체를 보호하려는 의도"11)만을 지닌다는 법의 한계를 적시한다.

그런 맥락에서 이 소설은 법의 테두리 안에서 사건의 시시비비를 가리기 위한 것이 아니라, 사태의 본질을 비켜가는 법의 한계를 지적하고 이를 통해 법의 존재의미에 대해 논쟁점을 던지는 데 바쳐진다. 이는 소설의 첫 장면에서 제시되는 조직폭력배 조구환 사건을 통해 이미 사전적으로 제시되었기에 설득력을 더 한다.

---

10) 자크 데리다, 진태원 역, 『법의 힘』, 문학과지성사, 2004, 34쪽.
11) 위의 책, 144쪽.

피고 조구환은 사체를 은닉했다. 1992년에. 사건 당시의 개정 이전 형사소송법에 따르면 이 죄목의 공소시효는 15년이다. 공소시효가 만료되었으므로 이 공소는 이유 없다.

(11쪽)

법전이 죽음의 경건함에 대해서는 말하거나 가르쳐주지 않았으므로, 우리는 그저 공소시효의 성립을 두고 추상적인 논리와 숫자를 다퉜다. 그게 법률가의 직무였으므로 우리에게는 거리낌이 없었다.

(12쪽)

버러지 같은 놈.

방청객 중 한 사람이었다. 죽은 피해자는 고아였으므로 피해자의 친인척이 아니다. 남자는 변호사를 노려보고 있었다. 조구환을 바라보는 게 아니었다. 남자는 똑바로 나를 노려봤다. 그는 말했다. 버러지 같은 놈. 나는 서둘러 법정을 빠져나왔다.

(16쪽)

법이 다루는 것은 조직폭력배 조구환 사건의 본질이 아니라 공소시효 그 자체. 공소시효의 경우, 공소 이유 없음으로 판결이 내려지면 그 뿐이다. 이때 법이 다루는 추상적인 논리와 숫자만이 "법률가의 직무"이다. 살인범에게도 진실의 이름으로 형벌을 내리지 못하는 법정을 경험한 한 방청객은 윤변을 바라보며 "버러지 같은 놈"이라고 말한다. 이는 한 변호사 개인에 대한 분노라기보다는, 아무 것도 하지 못하는 법에 대한 법 밖의 공분을 대변한다.

3. 국가의 존재 의미에 대한 물음

법의 한계는 결국 법규범을 통해 유지되는 통치조직인 국가의 존재 의미에 대한 문제로 확대된다. 국가는 추상적인 존재로서 그것을 정의하기 위한 복잡한 심급이 존재한다. 막스 베버가 주장한 것처럼 국가는 모든 국가에 적용시킬 수 있는 보편적인 목적이 존재하지 않기 때문에 국가를 목적으로 정의하는 것은 불가능하다. 가라타니 고진柄谷行人은 국가의 고유한 기반을 수탈과 재분배라는 교환형태로 생각하고, 국가의 존재가 본질적으로 강탈, 수탈에 있다고 본다.12) 그러한 의미에서 국가는 '폭력행위'라는 수단에 의해 정의될 수 있다. 여기서 중요한 것은 국가가 "정당한 물리적 폭력 행사"를 독점한다는 점이다.13) 베버의 이 말은 "부당한 폭력 행사가 있다면 거기에 실효적으로 대처한다"라는 뜻을 포함하고 있다.14) 가령, 사

---

12) 가라타니 고진, 조영일 역, 『근대문학의 종언』, 도서출판 b, 2006, 140쪽.
13) 카야노 도시히토, 김은주 역, 『국가란 무엇인가』, 산눈, 2010, 11~13쪽.

형이라는 법적 조치는, "국가가 합법적인 살인을 독점"15)고 있다는 뜻이 된다. 이때 법은 이러한 폭력을 사회 내에서 관철하고 유지하기 위한 최종적인 근거가 된다. 이러한 맥락에서 국가는 폭력과 권한을 법을 통해 부여받고 이를 실효적으로 유지한다.

> "우리는 진리에 도달한다. 머리뿐만 아니라 가슴을 통해서. 파스칼의 『팡세』에 나오는 말입니다. 머리가 아닌 가슴으로 상황을 봅시다. 어떤 경우 국가는 거악으로 작용합니다. 어떤 경우가 그러냐고요? 이번과 같은 경우가 그렇습니다."
> 주민은 서슴없이 국가라는 이름의 거악을 설정했다. 그리고 그것의 피해자를 자신으로부터 박재호로 확장시켰다.

> (157~158쪽, 강조 – 인용자)

여기서 형법학 교수 이주민의 발언에 주목해볼 필요가 있다. 국가의 기본적인 속성이 질서유지 능력이고, 민주주의를 선호하는 국민이건 아니건 간에 국가의 질서유지 기능은 국민의 욕구에 부합한다.16) 여기서 국가의 질서유지를 위한 폭력의 독

---

14) 위의 책, 14쪽.
15) 위의 책, 20쪽.
16) 이언 브레머, 차백만 역, 『국가는 무엇을 해야 하는가』, 다산북스, 2011, 28쪽.

점이 국가의 본질이라면, 이러한 폭력의 정당성은 어디에 물어야 할 것인가. 국가폭력은 반드시 대중을 통제하고 편성하기 위한 고도로 훈련되고 엄격하게 규율화된 무장 그룹을 전제로 하며 이는 반드시 반대급부를 타자화하는 방식으로 폭력이 행사된다.

아현동 철거현장에서 "박재호 씨의 아들을 진짜로 죽인 건 누구인가?"(『소수의견』, 158쪽)라는 질문의 답은 결국 국가일 수밖에 없다. 폭력의 정당성을 독점하고 있는 주체가 국가이기 때문이다. 이러한 폭력이 적법성을 떠나 누구의 이익을 대변하느냐에 따라서, 반대급부에게는 거악의 대상이 될 수밖에 없다. 이 작품에서 그리고 있는 아현동 망루 사망 사건과 같이 용산참사의 경우를 떠올려보면, 국가폭력의 정당성은 심각한 회의의 대상이 된다. "경찰특공대의 모습으로 남일당 빌딩에 출현한 국가, 살아남은 농성자들에게 징역형을 구형하고 선고한 검사와 판사의 행위를 통해 모습을 드러낸 국가"는 "지배계급의 도구"라는 국가의 성격이 변하지 않았음[17]을 보여준다. 건물을 무단점거 하고 있는 이들에 대해 적법한 공권력을 행사하였다는 주장은 국가가 법의 이름으로 거악이 될 수 있음을 명시적으로 나타낸다. 국가에는 위법한 사적인 폭력에 대해 사형을 언도

---

17) 유시민, 『국가란 무엇인가』, 돌베개, 2011, 22쪽.

할 수는 있어도, 공권력을 통해 국민을 살상할 권리는 없기 때문이다. 더욱이 경찰의 과잉진압으로 아들 박신우를 잃은 철거민 박재호가 오히려 국가에 의해 살인범으로 기소당하는 사태는 무엇을 말하는가. 이는 국가가 말하는 적법이 오히려 거악이 될 수 있다는 극단적인 상황의 일례라고 할 수 있다.

내 앞으로 등기우편이 왔다. 흰 봉투 겉에 무궁화 로고가 그려져 있었다. 꽃잎 안에 암술 대신 흐트러짐 없는 균형을 잡은 저울이 들어섰다. 봉투를 뜯어본 후 오래도록 생각에 잠겼다. 긴 시간이었다. 나는 낮과 밤 사이 어딘가에 있었으나 조국 위에 있지 않았다. 잠시 결심 근처까지 갔다. 망명하자. 망명을 신청하자. 그저 떠나는 걸로는 부족해. 먼저 버려주자.

나는 곧 평정을 되찾았다. 하지만 그 우편물은 내 가슴에 치유 못할 거대한 협곡을 패어놓았다. 조국에 대한 신뢰와 기대가 협곡을 타고 빠져나갔다. 앙상한 허리를 드러낸 그 협곡 꼭대기에서 나는 단지 선택권이 없어 국민으로 남았다.

(205쪽, 강조 - 인용자)

아현동 집회에 참여하여 변호사의 품위를 손상했다는 명목으로 대한변호사협회가 알려온 징계심 서류를 마주한 윤변의 처지는 국가의 존재 이유에 대한 신뢰와 기대가 무너지는 상황을 여실하게 대변하고 있다. 법조계의 소수자로서 윤변이 처해 있는 상황은 "조국 위에 있지 않"은 자의 허탈감을 보여주고 있는데, 이것은 곧 법의 이름으로 가해지는 폭력, 소수자에게 가해지는 국가폭력에 다름 아니다. 마치 징집영장처럼 아무 것도 선택할 수 없는 국민의 지위 말이다. 아현동 폭력 사태 이후 국가가 할 수 있는 최선의 사과는 단지 이것이다. "폭력방지에 최선을 다하지 못한 점, 국민 앞에 송구스럽게 생각합니다."(『소수의견』, 361쪽)

국민. 저 말을 들을 때마다 두드러기가 난다. 어떤 문장에서 보통 명사로 국민이란 단어가 쓰일 때, 그것을 허공이란 단어로 바꿔도 의미가 성립한다는 것을 나는 열네 살 때 발견했다.

(361쪽)

국민이라는 말. 국법國法의 지배를 받는 국가의 구성원이라는 뜻의 이 말은, 거악으로서의 국가에게는 단지 허공일 뿐이다. 법이 정의를 구현하지 못하고, 법을 악의적으로 활용하는 주체가 국가기관들이라면, 권력자와 그 하수인들에게 국민은 항시 피동적으로 존재하는 타자들일 뿐이다. "모든 사람은 전체 사회의 복지라는 명목으로도 유린될 수 없는 정의에 입각한 불가침성을 갖는다. 그러므로 정의는 타인들이 갖게 될 보다 큰 선을 위하여 소수의 자유를 뺏는 것이 정당화될 수 없다고 본다."[18] 그럼에도 권력자들은 국민이라는 보통명사를 언제나 정치적 판단의 준거로 제시한다. 노동현장에서, 재개발 지구에서, 광장에서 국가는 정의라는 공리적 명분을 수시로 들먹이며 소수자의 권리를 억압했다. 그런 의미에서 정의는 "부정의에 대한 고발과 극복의 의지에서 비롯되어야 하며, 따라서 약자, 소수자가 부정의를 산출하는 힘들에 대항하는 전제이자 방법"[19]이어야 한다.

윤변은 법정싸움에서 승리하지 못한다. 배심원 9명이 모두 박재호의 정당방위를 인정하였지만, 재판부의 판결을 배심원의 평결에 의하지 않는다는 법에 의해 재판장 한 사람이 배심원들의 판결을 뒤집어엎는다. 이것이 법이고, 이것이 법 위에 존재하는 국가의 폭력이다. "법은 명령이다. 하지만 좋은 법은 좋은 명령이다."(아리스토텔레스, 『정치학』) 그러나 이 판결을 우리는 좋은 명령이라 할 수 없다. 국가는 법을 통해 어떠한 보상도 복수도 해주지 않았다.

---

18) 존 롤즈, 황경식 역, 『정의론』, 이학사, 2003, 36쪽.
19) 김선희, 「정의 개념의 두 국면」, 『한국여성철학』16, 한국여성철학회, 2011, 77쪽.

4. 종교 권력의 부패와 세속화

권력과 금력과 종교가 결합하면 어떤 일이 벌어지게 될 것인가. 주원규의 『망루』는 교회의 권력 세습과 자본력의 확장과 이를 비호하는 권력의 타락상을 생생하게 그려낸다. 이 작품은 아버지 '조창석'에게서 아들 '조정인'으로 이어지는 세명교회의 부당한 권력 세습과 도강동 재개발 사업을 통해 자본을 확장하려는 세명교회와 이 사이에서 갈등하는 초점화자인 '정민우'와 그의 신학대학 동창이자 한국철거민연합(한철연) 대표인 '김윤서'를 통해 불의한 사회적 문제를 제기하는 한편, 어수룩한 시장의 손재주꾼인 한경태(한씨)를 재림예수로 설정하여, 타락한 세계에서 진정한 인간 구원이란 무엇인가에 대한 깊은 종교적 문제를 제기하고 있다.

"미국에서 한 짓이라곤 알코올 홀릭, 도박, 어설픈 펀드 놀음밖에 없던 사람이 무슨 재주로 저런 설교를 구해 왔는지 암튼 대단해. 동시에 의문이구."

(41쪽)

민우의 동료 전도사인 재훈이 전하는 조정인의 미국 유학 생활이 목회자의 타락상을 증명하고 있거니와, 그의 설교 원고를 대필하는 민우에게도 그의 말은 묵직하게 다가올 수밖에 없다. 설교 원고의 "출처만 밝혀져 봐. 익명의 제보자가 되어 게시판을 도배해 버릴 거니까."라는 재훈의 말은 "세명교회에서 소위 녹을 먹는 사람"이라면 누구나 공감하는 자기 확신에 가까운 폄하이다. 이러한 교회의 타락상은 단순한 폭로의 성격을 띠지 않고, 초점화자인 민우의 갈등을 통해 서술됨으로써 긴장감을 놓치지 않고 있다. 바로 이것이 이 작품이 단순한 고발이나 비판을 넘어서고 있는 가장 직접적인 이유이다.

> "이제 교회는 더 이상 예배만 드리고 성도들끼리 모여 밥이나 나눠 먹는 조악한 장소가 될 수 없습니다. 이웃과 지역 사회 개발을 위해 봉사하고 하나님의 질서에서 가장 성실하게 부합하는 자유민주주의의 이념을 받든 시장경제가 보다 활성화될 수 있도록 문호를 과감히 개방하는 복합 레저 타운을 조성하는 것이 세명교회가 할 수 있는 진보적인 하나님 나라 확장이라는 신념이 저에게 주신 하나님의 참된 소명이었던 것입니다."

(43~44쪽)

세명교회가 "하나님 나라의 확장"이라는 명목으로 '복합 레저 타운'을 건설하려고 하는 것은 교회권력이 자본과 결합하여 세속적인 탐욕을 구하는 일에 다름 아니다. 이것은 기독교적 가치의 구현에 기초한 것처럼 보이지만, 기실은 반기독교적일 수밖에 없다. 500여 년 전, 루터가 당대의 사업과 화폐경제가 타락한 것을 보고 이기적인 이윤추구의 욕망을 비난하고 고리대금업을 반대[20]한 것도 바로 이런 이유에서다. 베버도 자본주의가 종교적 금욕주의의 이상을 저버림으로써 세속화되었다고 비판하였다. 하지만 자본주의가 반인간적인 질서로 인해 붕괴될 것이라는 마르크스의 의견에는 동의하지 않았다. 많은 결점에도 불구하고 자본주의를 최대한 경제적 사회적 활력을 지닌 체제로 지지했던 것이다.[21] 그러나 자본주의의 원리가 그 자체로 우상화되는 것[22]은 반기독교적이다. 오히려 기독교의 여러 신학적 개념들과 상징들은 자본주의의 확산과 그에 따른 문제를 죄악의 상황으로 이해하고 이에 대한 실천적인 비전[23]을 제시할 필요가 있는 것이다. 다음에 제시되는 상징적인 공간성은 이러한 이유를 구체적으로 대변하고 있다.

그와 함께 저 반대편, 정인의 욕망의 설교 반대편에 홀로 외로이 솟아 있는 심판의 마지막 도피처, 마사다가 보였다. 그 요새를 향해

---

20) 양창삼, 「문화 및 자본주의에 대한 기독교적 인식」, 『현상과인식』 40, 1987, 105쪽.
21) 볼프강 몸젠, 이상률 편역, 『칼 마르크스와 막스 베버』, 문예출판사, 1990, 173~192쪽.
22) 권진관, 「강화되는 자본주의의 원리와 기독교의 과제」, 『기독교사상』 36, 대한기독교서회, 1992, 32쪽.
23) 위의 책, 32쪽.

죽기를 각오하고 기어오르는 일군의 무리들이 눈에 띄었다. 윤서의 모습이 보였고, 남루한 차림의 백성들이 드러났다. 그들은 정인의 설교에 의하면 반드시 극복되어야 할 게으르고 생떼만 부리는 이 땅의 낙오자들, 사탄의 늪에 빠져 버린 우매한 땅의 인간. 영원히 신의 축복을 받지 못할 이교의 개들이었다.

(240쪽)

지상의 공간에 불법과 파괴의 면죄부를 받은 용역 깡패들과 중무장한 경찰 병력들이 함께 존재하고 있다. 그들은 서로를 묵인하며 오직 하나의 대상, 지상으로부터 밀려나 타의에 의한 유배를 감행한, 억지로 땅 위로 내몰려진 존재들을 박멸하려는 목적에만 혈안이 되어 있는 것이다. 과연 그들의 눈에 성문당 4층, 그리고 곧 최후의 항전을 위해 마련된 푸르른 망루에 오르게 될 철거민들은 무엇으로 보일까. 과연 그렇다면 이런 식의 대치가 가능할 수 있을까.

(276쪽)

기독교가 선민의식의 도그마에 빠지거나 금력을 추구하며 세속화될 때, 사회적으로 경제적으로 선택받지 못한 존재를 타자화시킬 수밖에 없다. 생존의 터를 빼앗기지 않기 위해, 죽음을 각오하고 망루에 오르는 그들이, "생떼만 부리는 이 땅의 낙오자들"이나 "사탄의 늪에 빠진 우매한 인간", 심지어 신의 축복마

저도 피해가는 "이교의 개들"로 낙인을 찍는 것은, 종교의 탈을 쓴 야만의 행태일 뿐이다. 특히 한국 개신교의 윤리에 있어 지나친 성장주의는 패권주의와 결합하여 배타적, 반지성적 상황으로 신앙생활을 몰고 간다.[24] 이런 상황에서 교회권력은 자신의 패권적 질서에 반대하는 세력을 악으로 규정하고 이들을 처단하고자 한다. 이를 비호하는 세력은 정치권력이고, 이들은 언제나 공권력의 이름으로 민중을 불법이라는 명목 하에 사지로 내몰게 된다. 비로소 종교와 자본과 권력의 삼각구도가 완성되었다. 『망루』가 그려내는 불타는 예루살렘은 바로 우리 사회의 지옥도다.

5. 구원과 침묵의 배리背理

『망루』가 서 있는 또 하나의 서사의 축은 재림예수를 통해서 본 진정한 인간 구원의 의미를 묻는 데 바쳐진다. 한씨 아저씨라고 불리는 어수룩한 시장의 손재주꾼인 한경태를 "검붉은 환부에서 싱싱한 새 살이 돋아 오르는 기적"(『망루』, 148쪽)을 행하는 재림예수로 설정한 것도 바로 이러한 이유에서다. 이는 이 작품에서 '한씨와 윤서'의 이야기 사이에 교차편집하고 있는

---

24) 이원규, 『한국교회 어디로 가고 있나』, 대한기독교서회, 2000, 241~255쪽.

'재림 예수와 벤 야살'의 이야기에서도 찾을 수 있다.

재림 예수는 망설이지 않았다. 방금 전까지만 해도 졸지에 남편을 잃은 유대 여인의 사타구니를 헤집던 짐승 같은 만행의 주범을 향해 몸을 웅크린 그가 하늘을 우러르며 기도하며, 로마 군인의 잘려 나간 두 팔과 다리를 다시금 접합시키는 경이로운 치유의 기적을 일으키고 말았던 것이다.

(105쪽)

재림예수의 이러한 이적은 벤 야살에게는 이해하기 어려운 일이었다. "사지를 잘린 로마 군사 한 명"이 "고통의 비명을 지르며" 버둥거리자, 재림예수는 만행의 주범인 그의 두 팔과 다리를 접합시키는 이적을 벌인 것이다. 심판의 대상인 자에게 치유의 은사를 베푼 재림예수를 벤 야살은 이해할 수가 없었다. 이러한 일은 다시 성문당 망루 위에서 다시 재현된다.

'불길이 망루 전체를 휘덮고 있다. 이젠 정말 땅으로 내려가지 않으면 안 된다. 이것이 현실이다. 내려가야 한다. 내려가야만.'
그러나 민우의 눈앞엔 현실보다도 더 잔혹한 대립과 좌절의 악다구니가 그의 영혼을 압도하고 있었다. 갑자기 놀라운 장면, 납득할 수 없는 장면이 펼쳐졌기 때문이다. 불타는 망루를 벗어나기 위해 안간

힘을 쓰는 특공대의 접진 발을 무릎을 꿇고 어루만지는 한씨의 행동
이 그대로 윤서와 민우의 두 눈에 여보란 듯 발각되었기 때문이다.

(287쪽)

구원의 대상인 철거민들이 아니라 불타는 망루에서 이들을
폭력적으로 진압한 "특공대의 접진 발을 무릎을 꿇고 어루만지
는" 재림예수 한씨의 모습을 윤서는 이해할 수 없다. 재림예수
는 왜 이러한 모순된 일을 반복하고 있는 것일까. 이 반대편에는
재림예수를 향한 또 하나의 모순에 분노하는 이가 있다. 그는
세명교회 서리집사 '강맹호'이다. 병든 아들을 두고 그는 말한
다. 재림예수는 "주님을 갈망하던 자들의 것이어야 하"는데, "고
맙다는 말조차 인색한 거리의 노인들, 행려병자, 예수쟁이들이
라면 욕하고 침 뱉는 인간 말종들에게만 치유의 기적"(『망루』,
230쪽)을 행하는 그가 무슨 구원자란 말이냐고 분노하는 것이
다. 여기서 재림예수를 바라보는 두 가지 시선을 읽을 수 있다.
악마의 무리들에게 치유를 베푸는 예수와 예수쟁이라고 욕하는
천한 인간들에게 치유의 기적을 행하는 예수가 그것이다. 왜
그런 것인가.

"바로 그렇기 때문에 난 저들을 심판할 수 없소."
"뭐요?"

"저들 역시 내가 창조해 낸 피조물들이기 때문이오."

"……."

"저들의 욕망, 저들의 쾌락, 저들의 욕구, 저들의 야만, 저들의 타락, 저들의 비열함, 저들의 마성 모두 나의 창조의 터전 안에 있는 것들이오."

"……."

"그렇기 때문에 난 저들을 심판할 수 없소. 심판할 권리가 없는 것이오."

"……."

(316쪽)

문제는 그 모든 이들이 신의 피조물이기 때문이다. 모든 이들의 욕망과 야만과 타락과 마성이 모두 신의 창조한 것이기 때문이다. 여기서 왜 재림예수가 2000년 전 로마병사를, 오늘날 특공대원을 향해 이적을 행한 것인지 분명해진다. 이들은 악의 무지한 하수인들이지 악의 핵심이 아니다. 악의 근원은 로마의 권력자들이고, 오늘날 세명교회와 같은 종교 권력 안에 웅거하는 타락한 성직자들이다. 물론 재림예수는 벤 야살과 마찬가지로 윤서라는 인물을 통해 죽게 되고, 이는 "쓰러져 가는 신의 무력함"(『망루』, 317쪽)을 의미하는 것 같지만, 작가의 의도는 이러한 단순한 논리 안에 있지 않다. 심판의 칼은 결국 인간의 것이고, 그 칼로 무력한 신을 찔러야만 정의가 회복된다는 논리는 인물이 처해 있는 표면적인 상황에 기댄 소견일 뿐이다.

진정한 종교적 구원은 단순한 죄와 징벌이라는 이분법적 구도 안에 있지 않다. 생존을 위해 망루에 올라간 철거민들만을 구하고, 그 나머지를 징벌해야 한다는 단순한 구도 속에 진정한 구원이 깃들어 있지 않다는 것을 재림예수는 보여준 것이다. 억압된 자들을 구원하지 않는 무능하고 무책임한 신을 제시한 것이 아니라 이를 통해 진정한 구원이 무엇인지 당신의 피조물들에게 끊임없이 묻고 있는 것이다. 인간의 눈으로 구분한 선-악의 이분법의 틀 안에는 진정한 구원이 있을 수 없다. 오히려 이러한 구원과 침묵의 배리 속에 진정한 구원의 비의가 숨어 있는지 모른다.

6. 법과 국가와 종교의 한계

손아람의 『소수의견』과 주원규의 『망루』는 자본독재 시대에 끊임없이 주변부로 밀려나고 마침내 한 평 딛고 살 집과 땅조차 빼앗긴, 우리 시대의 노웨어맨Nowhere man—The Beatles의 노래 Nowhere Man(1965)에서 따온 것으로 "어디에도 머물지 못하는 이들"을 가리킨다.—들을 그려내고 있다. 『소수의견』은 표면적으로는 법정 소설로 읽히지만, 작품의 외연은 갑론을박을 주고받는 법정의 좁은 지평 안에 있지 않다. 이 작품은 법이 정의를 실현할 수 있는가 하는 심각한 의문을 던지는데, 사태를 낱낱이 밝혀 시시비비를 가려내야 할 법이, 오히려 형식논리에 매달려 진리를 사상捨象시켜 버리는 결과를 초래한다는 점에 강조점이 있다. 더 나아가 법의 기반 위에 존재하는 통치 집단인 국가에 대해서도 심각한 의문을 제기한다. "나 이 나라가 무서워요."(『소수의견』, 208쪽)라는 이준형 기자의 말은 폭력을 독점하고 있는 국가 기관이 거악으로 작용할 수 있음을 보여준다.

주원규의 『망루』는 생존 자체가 억압받고 있는 우리 시대의 철거민들과 종교 권력과의 대립을 통해 종교 권력이 금력과 결합하여 대형화 자본화하는 종교의 타락상을 예각적으로 드러내는 한편, 재림예수를 통해 진정한 구원의 방식과 의미를 묻고 있다. 이러한 당대 현실의 문제를 첨예하게 드러내면서도, 아득한 구원의 비의에 대해 질문을 던지고 있는 이 작품은 사회적 문제를 끌어안은 뛰어난 기독교적 상상력으로 읽힌다.

자본주의의 자기중독 상태[25]는 반인간적인 가치를 끊임없이 확대재생산하고 있다. 실물재화와 관계 맺지 않은 금융 자본은 스스로의 흐름을 형성한 채 경제 주체와 유리되어 있고, 이러한

---

25) 임태훈, 『우애의 미디올로지』, 갈무리, 2012, 27쪽.

자본의 전지구적인 확대는 무한 경쟁, 무한 파괴, 무한 오염을 가속화시키고 있다. 이러한 사회적 체제는 법·국가·자본·종교 권력의 결속을 강화시키고 그 속에 존재하는 수많은 사람들을 체제의 이탈자로 만들어가고 있다.

이미 우리 시대는 탐욕적인 자본주의 체제를 재검토해 보아야 하는 임계점에 와 있다. 체제의 자기중독증을 스스로 파악하지 못하고, 전세계적인 금융 위기와 같이 체제가 통제의 범위를 벗어나는 것이 바로 그 증좌이다. 생존의 터를 빼앗기고 오로지 살기 위해 오늘도 망루에 오르는 이들이 있다. 불타는 망루, 거기에 위기의 한계점에 와 있는 우리 시대의 지옥도가 있다.

5. 교육과 불구성

5. 교육과 불구성

: 이민하 시집 『환상수족』에 형상화된 교육의 알레고리

우리 사회에 팽배한 정신성의 부재는 점점 사회를 천박하게 만든다. 주체의 내면이 사라진 자리엔 경쟁사회가 만들어낸 "Yes, I can."이라는 단순무지한 과잉긍정이 들어찬다. 철학자 한병철은 바로 이를 '피로사회'라 명명하였고, 이는 "자기 착취"[1]적이고 "치명적인 활동과잉"[2] 상태임을 지적했다. 경쟁이 만들어낸 성과 위주의 평가는 주체를 실종시킨다. 무엇이 생이고, 어떻게 살아야 참다운 생인지 반성하지 않는 삶은 스스로를

---

1) 한병철, 『피로사회』, 문학과지성사, 2012, 29쪽.
2) 위의 책, 35쪽.

"가해자이자 희생자이며 주인이자 노예"[3]가 되게 만든다. 그런 의미에서 우리 사회의 비극은 착취와 피착취의 단순한 관계 때문이라기보다는 스스로 노예가 되는 삶을 택하는 과도한 긍정성이 우리를 무지각 상태에 빠뜨리고, 이를 바탕으로 자본이 스스로를 살찌우고 있다는 데 있다.

경쟁원리에 기초한 시장만능주의는 대학사회에도 예외가 아니다. 대학사회의 경쟁 논리는 인문학을 '사치재'로 취급하거나 더 나아가 '용잡이 학원'[4]에 비유하기를 주저하지 않는다. 스스로 취업기관이 되기를 자처한 이상, 대학은 더 이상 지성의 유토피아가 아니다. 모두의 문제를 가지고 고민하고 싸우고 연대했던 지난날 대학의 모습을 막연히 그리워하자는 얘기가 아니다. 어차피 사회는 바꿀 수 없어, 그러니까 나 하나만, 내 새끼만, 우리 학교 졸업생만 잘 하면 돼, 라는 생각! 이렇게 각자가 모두 자본이 만들어 놓은 좁은 문을 향해 나아갈 때, 그 병목현상이 우리를 병들게 한다. 그 문을 통과하지 못한 사람은 개인의 능력만을 탓할 것이고, 자본은 스스로를 착취해서 쌓아올린 우월한 스펙의 소유자를 선택한다.

이민하 시인은 시집 『환상수족』[5]에서 사육하고 길들이는 행

---

3) 위의 책, 110쪽.
4) 김인규, 「청춘이여, 인문학 힐링 전도사에게 속지 마라」, 『동아일보』, 2015.2.28.
5) 이민하, 『환상수족』, 열림원, 2005.

위로 대표되는 교육이라는 이름의 불구성을 환상적 알레고리로 펼쳐 보인다. 그녀의 시는 환상으로 비약하기만 하는 것이 아니라 환상의 퍼즐을 재조립할 때 부메랑처럼 되돌아오는 현실에 대한 강력한 환기력을 내장하고 있다. 그것은 '환상수족'—수족이 절단된 후에도 없어진 부위가 아직 존재하는 것처럼 느껴지는 상태—이 뜻하는 바처럼, 절단된 팔이라는 현실적인 흉터를 되비춘다.

> 그는 지붕 위에 올라 녹색 루주를 바른다
> 학교에 가지 않는다고 집에서 쫓겨난 남자
> 무슨 소용이에요 어머니,
> 벽 속의 열대어들을 꺼내 주는 칠판은 없는걸요
> 그는 오늘도 내가 준 지폐에 노란 매니큐어로 편지를 쓴다
> 넥타이를 매다 말고 나는 연인의 지느러미를 만져 준다
> 바닥까지 늘어뜨린 그의 지느러미에서
> 불에 타다 만 풀냄새가 난다
> 지붕 위의 그가 불안해
> 지느러미를 잡아흔들어 방바닥으로 떨어뜨린다
> 편지에 쓴 철자법을 검사하고
> 스타킹처럼 달라붙는 교복 안에 그를 집어넣고 밀봉한다
> 해질녘 돌아와 보면

연인의 끈적한 타액이 여기저기 어질러져 있다

혓바닥이 스친 벽마다 비린내가 슬고 있다

나는 그를 식탁 위에 올려 놓고 사료를 준다

그의 혀 끝에 달린 플러그를 내 입에 꽂고

그에게 이름을 붙여 준다

밤이면 잊어버리는 그의 발음을 입 안의 채찍으로 상기시킨다

연인은 밤새 오물오물 우우거린다

잠들기 전 나는 그의 혀와 지느러미를 둥글게 말아

내 몸 안에 밀봉한다

마지막 지퍼인 두 눈을 잠근다

―「물고기 연인」 전문

먼저, 이 시에서 일반적인 남녀의 성역할gender role이 전도되어 있다는 것을 발견할 수 있다. 여자의 애인은 학교에 가지 않는다고 집에서 쫓겨난 남자. 그는 지붕에 올라가 루즈를 바르고 지폐에 노란 매니큐어를 칠한다. 학교에는 "벽 속의 열대어를 꺼내주는 칠판이" 없다. 어떠한 교육도 한 마리의 열대어를 벽 속에서 꺼내주는 자유를 가르치지 않기 때문이다. 그는 어항 속에서 한 마리 물고기로 사육된다. 집에 돌아와 보면 그의 혓바닥이 스친 벽마다 비린내가 슬고 있다. 이어 화자는 그를 식탁 위에 올려놓고 사료를 준다. 그리고 그의 혀 끝에 달린 플러그를 자신

의 입에 꽂고 그에게 이름을 불러준다. 무슨 대단한 위로라도 되는 것처럼, 그의 혀와 지느러미를 둥글게 말아 자신의 몸 안에 밀봉한다. 그를 안아 잠을 재워주는 것이다. 여기서 성역할에 있어 일반적으로 남성이 여성에게 행하는 행동이 절묘하게 뒤집혀 있음을 발견하게 된다. 이민하가 노리는 환상의 전략이 여기 있다. 집 밖에서도 열대어를 꺼내는 방법을 말해 주지 않고 여자는 그를 인격적으로 대하지 않으며 돈과 사료로 사육한다. 이 때, '사육되는 몸'은 획일적인 성역할이 만들어낸 현실의 부정적 속성을 일거에 일깨운다.

그는 기우뚱 까치발로 거울 앞에 서서 넥타이를 맨다. 구두를 신기 위해 주변의 위험한 물건들을 치운다. 가까스로 중심을 잡고 현관 손잡이를 돌린다. 그는 어렵게 치켜든 물갈퀴를 흔들며 사라진다. 나는 옥상에 올라가 잉크색 하늘을 뜯어 냉장고에서 재배한다. 뱃살을 바닥에 질질 끌리며 그가 돌아온다. 나는 정육점에서 사온 구름을 굽는 냉장고에서 하늘을 꺼내 식탁을 차리며 앞치마에 손을 닦는다. 고개를 휘휘 젓던 그가 볼록한 배를 가리키며 트림을 한다. 나는 노릇해진 구름을 하늘에 싸서 입에 넣고는 소리나게 씹는다. 혼잣말이 늘었군. 아주 오래 전 사료를 받아먹고 말을 배우며 우물거리던 포도알 같던 그의 입술이 씨를 뱉듯 말을 흘렸다. 나는 쫄깃한 구름 맛에 열중한다. 그가 갑자기 식탁을 누비는 나의 허리를 나꿔채듯

오른팔로 감는다. 나의 허리를 구부려 식탁 위에 누이며 왼팔로 식탁을 쓸어내린다. 사각 모서리에서 하늘이 뚝뚝 흘러내린다. 난 식사 중이라구요. 내겐 디저트가 필요해. 넥타이나 풀지 그래요, 너무 조여 숨이 끊어지기 전에. 나는 그에게 잠옷을 입혀 연못에 띄워 준다. 당신은 내가 키우던 물고기였던 걸 잊었나요. 지붕 위에서 헤엄치던 물고기였던 유년을 기억하기에는 그의 머리가 너무 작다. 넘어질까 두려워 꿈에서도 적시는 베개들. 빽빽한 깃털이 눈물샘까지 막지는 못했다. 나는 새근새근 잠이 든 그의 날개에서 깃털을 솎아 준다. 이제 공놀이의 탄력에 대해 가르쳐야 한다. 크고 아름다운 셔틀콕을 만들어 줄게요. 그만 좀 울어요. 오 귀여운 당신. 내일은 정말 당신과 끝내겠어요!

―「물고기 연인의 근황」6) 전문

이 시는 앞서 거론한 「물고기 연인」의 속편에 해당하는 작품이다. 전작前作에서 화자가 사료를 먹여 키운 물고기 연인은 어느덧 넥타이를 매고 살아야 하는 나이가 되었다. 아침이면 "까치발로 거울 앞에서 넥타이를 매"고 구두를 신고 집을 나서고, 저녁이 되면 "뱃살을 바닥에 질질 끌며" 집으로 돌아온다. 이는 흡사 도시의 샐러리맨의 정형화된 삶을 떠올리게 한다. 남자가

6) 이민하, 「물고기 연인의 근황」, 『열린시학』, 고요아침, 2006년 가을.

집을 나가면 화자는 "잉크색 하늘을 뜯어 냉장고에서 재배"하며 시간을 보낸다. 그가 돌아오자 구름을 굽는 냉장고에서 하늘을 꺼내 식탁을 차리고, 노릇노릇해진 구름을 하늘에 싸서 입에 넣는다. 그러나 그는 식사 중임에도 불구하고, 화자를 식탁에 누이고 거칠게 관계를 요구한다. "난 식사 중이라구요."라고 말하지만 남자는 "내겐 디저트가 필요해."라며 달려든다. 이제 남자는 난폭한 수성獸性을 지닌 존재로 변화한 것이다. 어린 시절, 그는 화자에게 사육되던 존재였지만, 그러한 유년 시절을 기억하기엔 그의 뇌는 너무 작다.

이렇게 난폭해진 남자는 어느덧 새근새근 잠이 들고 화자는 그의 깃털을 솎아준다. 아! 여기서 무엇인가 전도된 풍경이 드러난다. 전작인 「물고기 연인」에서 "지붕 위에 올라 녹색 루주를 바르던" 남자는 물고기가 아니라 새였던 것. "지붕 위의 그가 불안해 지느러미를 잡아흔들어 방바닥으로 떨어뜨린다"에서 '지느러미'는 '날개'였던 것. 그렇다면 그 물고기(새)는 하늘이라는 푸른 물 속을 헤엄쳐다니는(날아다니는) 존재였던 것. 그래서 화자는 그가 집을 나가면 잉크색 하늘을 재배했던 것이고, 그가 돌아오면 석양에 노릇노릇 구워진 구름을 식탁 위에 올려놓았던 것. 이제 화자는 그에게 공놀이를 가르치기 위해, 솎아낸 깃털로 셔틀콕을 만들어 주겠다고 말한다. 화자의 손에서 사료를 먹고 자란 그이기에, 그는 아직도 나에게 "귀여운 당신"이다.

하지만 동시에 언제라도 끝장내고 싶은 존재이기도 하다.

이민하가 이렇게 물고기(새) 연인의 근황을 들려주는 이유는 무엇인가. 그것은 존재와 삶(행위)의 의미를 전도시키기 위한 것이 아닐까. 물고기가 새라면, 지느러미는 날개가 되고, 푸른 물은 하늘이 된다. 또한 헤엄치는 것은 나는 것이고, 사육하는 것은 사랑하는 것이며, 귀여움(사랑)은 증오이며, 관계 맺음은 결별이다. 여기서 전도된 관계의 핵심은 키우고 길들이는 행위가 사육이라는 억압적인 행태로 나타나고 이를 사랑의 의미와 동일시하고 있다는 점에 있다.

아이는 탯줄을 끌고 사다리를 오른다
엄마, 양철 지붕이 너무 차가워요
아이는 사다리를 끌고 지붕을 오른다
아가야, 어서 꼭대기에 올라서 보렴
뒤꿈치를 들면 어렴풋이 학교가 보일 게다
아이는 지붕을 끌고 꼭대기를 오른다
엄마, 해가 어디로 갔나요
털옷을 가져오고 싶었는데요 팔이 모자라요
아이는 꼭대기를 끌고 허공을 오른다
엄마, 어깨가 고무줄 같아요 손 대신 노트가 자라나는 나의 팔
내 몸의 실핏줄을 빨아먹고 노트는 무섭게 자랄 거예요

자라나 자라나 세상을 뒤덮는 콩나무가 될 거예요

아이는 허공을 끌고 콩나무를 오른다

엄마, 벌레 먹은 콩잎 사이로 발이 푹푹 빠져요

하지만 걱정 말아요 내일쯤엔 학교에 도착할 거예요

얘야, 그 말을 들어온 것이 스무 해가 되었구나

우린 한 번도 내일에 다다른 적이 없구나

아이는 콩나무를 끌고 어둠을 오른다

얘야, 이제 그만 눈 좀 붙이렴

별빛을 끄고 나면 잠이 잘 올 게다

아이는 어둠을 끌고 은하수를 오른다

그런데 엄마, 거인이 뒤따라 와요

흙을 먹고 사는 엄마, 탯줄을 오르지 말아요

—「지붕 위의 학교」 전문

동화 『재크와 콩나무』를 패러디한 이 시의 환상적 이미지도 학교로 대표되는 현실의 법·제도·이념을 겨냥하고 있다. 첫 행에서 아이는 탯줄을 끌고 사다리를 오른다. 탯줄을 끌고 오른다는 말은 태어나서부터 (강요된) 교육을 받기 시작했다는 의미이다. 꼭대기에 올라서서 뒤꿈치를 들면 학교가 보일 거라는 엄마의 말이 이를 뒷받침한다. 털옷을 가져오지 못한 아이는 양철지붕 위에서 떨고 있다. 순간, 어깨가 고무줄 같이 늘어지고 팔에서는 손 대신 노트가 자란다. 그 노트는 "내 몸의 실핏줄을 빨아먹고" 자란다. 자라나서는 세상을 뒤덮는 콩나무가 될 거라고 말한다. 이는 허황된 꿈이며 강요된 이상이다. 아이는 벌레 먹은 콩잎 사이로 발이 푹푹 빠지지만 학교에 도착하기 위해 콩나무에 오른다. 이때 그 말을 들은 것이 스무 해가 되었구나, 라는 엄마의 말. 스무 살이 될 때까지 결국 맹목적으로 학교를 향해서 기어오른 것이다. 아이는 별빛을 끄고 눈을 좀 붙이라는 엄마의 말을 듣고도 계속 "어둠을 끌고 은하수를 오른다." 그런데 아이는 거인이 뒤를 따라온다며 공포의 비명을 지른다. 이 거인은 누구인가. 그는 실제로 거인인가. 아니다. 그는 학교를 찾아 콩나무 줄기를 타고 오르는 또 다른 아이일 수 있다. 아이는 뒤따라오는 또 한 명의 아이를, 두려운 경쟁자로 느낀 것뿐이다. 팔에서 손이 아닌 노트가 자라는 '환상수족'을 통해서 이민하는, 교육으로 대표되는 현실의 불구성을 재호명하고 있는 것이다.

6. 예술과 정치성

6. 예술과 정치성

: 고형렬 시집 『유리체를 통과하다』의 메타-정치성

무엇이 담론이고 무엇이 실천인가. 이에 대한 랑시에르_{Jacques} Rancière의 철학적 견해는 미학의 정치성이라는 원론적인 의미에 모아진다. "자리들과 기능들을 위계적으로 분배하는 것"[1]에 핵심을 두고 있는 '치안_{police}'은 감각적인 것을 구획하고 있는, 일종의 국가와 사회의 관리망이라고 할 수 있다. 이에 예술은 이러한 상징적인 공간을 재분할한다. 바로 이것이 문학이 정치와 관계하는 길항의 방식이다. 이 주장은 근대미학이 가지

---

1) 자크 랑시에르, 양창렬 역, 『정치적인 것의 가장자리에서』, 길, 2008.

는 사회적 위상학topology의 가장 본질적인 자리를 가리키는 것처럼 보인다.

문학을 위시한 예술은 감각적으로 분배된 대상에 대한 지각 원칙에 대해 철저하게 무관심하다. 이러한 예술의 미학적 대응 방식은 새로운 질서와 형태를 재분배하고 재발견하게 한다. 이는 작가가 속한 사회와 그 사회가 그에게 요구하는 금제禁制들을 관찰하고 반성하는 행위에 다름 아니다.[2] 정치와 치안, 감각과 그 분할이라는 개념으로 논리를 전개하는 랑시에르의 예술에 대한 중심 사유는, 예술과 정치의 관계에 미학성의 개념을 도입했다는 데 의의가 있다.

칸트에게 미적 판단이란 "이해득실에서 벗어난" "사회성을 거부"하는 최적의 장소였다.[3] 이것이 미적거리로, 혹은 무관심성으로, 무목성으로 불리면서, 미학의 자리에 예술을 배치하는 분리의 원칙을 수행해 왔다. 그러나 알랭 바디우는 이러한 시적 정의를 플라톤적인 이데아의 이름으로, "낭만적 축하 안에 연루된 (반)철학에 자신의 진리를 종속"[4]시킨다고 보고, 이를 배격한다. 결국 랑시에르가 지적하는 것처럼 미학은 단순히 감성의

2) 김현, 『문학이란 무엇인가』, 문학과지성사, 1990.
3) Pierre Bourdieu, *La Distinction. Critique sociale du jugement*, Paris: Minuit, 1979.
4) 자크 랑시에르, 주형일 역, 『미학 안의 불편함』, 인간사랑, 27쪽.

영역이 아니라 "예술의 사물들을 규정하는 것을 허용하는 모순적인 감각중추에 대한 생각이다".5) 따라서 예술이 재분배하는 감각은 사회적이고 정치적인 것이며, 그러한 의미에서 미학은 옹호될 수 있다.

고형렬 시집 『유리체를 통과하다』6)는 미학적인 것과 사회적인 현실 사이의 삼투와 길항을 구체적으로 구현하고 있다. 따라서 그가 추구하는 미학적 저항은 단순하게 재앙의 시대를 증언하는 것에 머물지 않고, 그것을 감각적 실존 안에 보존하고, "재앙의 기억을 유지하는 보초병"7)이 된다. 그런 의미에서 그의 시는 메타-정치적이며, 시인은 그러한 과정 속에 역동적인 언어의 질서를 부여함으로, 재영토화reterritorialization라는 역설적 구속을 피해 이견적dissensuelle 형태를 만들어 나간다.

먹고사는 데 아무런 걱정이 없는 시인의 시는 어떤 것인가
이런 제목의 시도 있을 수 있는가,
사회와 아무 상관이 없지만 유형流刑과 연결된 시인들이
아닌 시인들이 있는가, 기이한 이름의 저 素月, 李箱으로부터
그렇다면 지금까지 언어만을 매만지는

---

5) 위의 책, 39쪽.
6) 고형렬, 『유리체를 통과하다』, 실천문학사, 2012.
7) 자크 랑시에르, 앞의 책, 80쪽.

이 땅의 시인은 모두 사회적이며 심미적인 존재인가

이렇게 물어볼 수도 있는 것인가, 이것이 현대시의 영예인가

그 숨은 영욕이 진정한 한 인간의 길이라고 말할 수 있는가

　　　　　　　　　　　　　　　　　—「시인의 사업: 양평에서」 전문

　그리하여 이와 같은 질문이 가능해진다. 모든 시인은 유형 banishment의 삶과 연결되어 있는 것인가. 심지어 일요화가와 같은 사이비 예술가들조차도? 이에 대해 화자는 말한다. "언어만을 매만지는 이 땅의 시인들은 모두 사회적이며 심미적 존재인가"라고. 언어만을 이리저리 꿰맞추며 유희를 즐기는 것이 곧 절대적 미의 지평이고, 예술의 고유성이며, "현대시의 영예"인 것처럼 착각하는, 예술의 식별체계에 대해 시인은 의문을 제기하는 것이다. 그렇다면 시인의 사업이란 무엇인가. "먹고사는 데 아무런 걱정이 없는 시인의 시는 어떤 것인가"라는 질문 속에 담긴 묵시적 부정은, 바로 예술을 숭고의 온상 속에 보존하고, 치명적 현실로부터 스스로를 방기하는 사이비 예술에 대한 거부가 담겨 있는 것인지 모른다.

그 후, 불쾌해서 이곳을 지나갈 수가 없다

나는 어디서부터 막히기 시작한 것일까

언제부터 사람들 귀에 들리지 않게 됐을까

이 도시는 아이들을 어떻게 교육시킨 것일까

손이 머리보다 먼저 허공을 받쳐 올렸다

그 손은 빈 도자기의 고배苦杯로 떠 있다

표어가 구두 옆에서 야비다리를 친다

나는 도시를 철저하게 인식하지 못했다

가장 짐승적인 것을 영구히 감춰버린 까닭

전 역에서 다음 역까지 내리지 못한다

후각은 환승하고 못 잊을 불쾌감을 경험한다

오늘은 무엇을 가르쳐야 할까,

다시 올라가는 아침 계단에서 웃을 수 없다

오장을 토할 듯 입을 막고 뛰어나간다

인간의 탈을 즉시 바꿔 쓴 직립의 새들이

건너편 승강장으로 날아가기 시작한다

　*지평역에서 청량리역까지 열차로 와서 1호선으로 환승하여 종각역에서 내려 다시 3호선으로 환승하려고 지하 계단을 올라가다가 꿈처럼 '계단에서도 웃을 수 있다'는 문장을 읽었다. 최근에 내가 찾던 문장이었다. 2011년 7월 14일 목요일.

　　—「나는 계단에서 웃을 수 있다?*—경복궁 2층 시강(詩講)을 가며」 전문

이 시에 나타난 화자의 '불편함'이 곧 이 시집에 담긴 고형렬

시의 동력학적 기원이라고 할 수 있다. 주석에서 밝히고 있는 것처럼, 계속되는 환승의 과정에서 수많은 계단을 오르내려야 하는 상황에서 "계단에서도 웃을 수 있다"는 교시적 표어는 그 자체로 기만적이다. 현실의 불만을 잠재우려는 "~수 있다" 식의 언술은 이데올로기와 같은 허구적 관념체계의 일단을 보여주기 때문이다. 그리하여 화자는 웃을 수 없으며, 이 불쾌감에 대한 신체적 반응은 "오장을 토할 듯 입을 막고 뛰어나"갈 정도에 이른다. 이 도시는 사람들을 이렇게 교육시킨다. 아무리 힘들어도 웃을 수 있다고. 그리하여 마땅히 분노할 수 있는 권리를 박탈한다. 이는 부정하고 비판해야 할 현실임에도 불구하고, 그것을 개인의 힘과 인내로 견딜 수 있고, 심지어 즐길 수 있다고 끊임없이 설득하는, 지배담론의 허구성을 적나라하게 보여준다.

미안한 일은 아니다
이 차선에 아무도 발을 들여놓지 못하게 해도.

그들은 애인*들이 아니다, 기술경쟁사회에서
이런 말을 들어본 적이 없다
모든 것이 실용이고 정의이고 조직이어야 하는 도시에선.
현대 시인들의 꿈은,

언제나 헛된 꽃의 날갯짓으로 떨어지는 것

입문을 허락지 않는다, 그 어떤 선도 그리움도.

하얀 책 속 홀수 페이지에서 언어들만

자신의 길을 혼자 걸어간다.

　*사람을 사랑한다는 '애인(愛人)'이란 말은 묵자(墨子)가 처음 사용하였다.

—「한 고층빌딩의 영지(靈地)」 전문

　무소불위의 권력을 행사하고 있는 자본의 상징으로서의 고층빌딩! 이곳을 신령스러움이 깃든 땅을 뜻하는 영지靈地로 표현한, 지독한 패러독스를 어찌할 것인가. 이 발화의 뒤에서 아프게 이 시대를 견디고 있는 시인의 모습이 보인다. 기술만능 사회에서 모든 것이 "실용이고 정의이고 조직"이 되어 가고, 그런 도시의 현실에서 시인의 꿈은 "언제나 헛된 꽃의 날갯짓으로 떨어지는 것"이다. 자본의 대지에 서 있는 기술공화국에서는 그 어떤 선도 그리움도 없다. 善도 없고, 더욱이 禪도 없는 곳에서 "사람을 사랑한다"는 애인愛人도 있을 수 없고, 선적인 사유의 무아적 공간이 있을 리 만무하다. 기술이 인간을 진보시킨다고 믿는 이상, 인간은 "기계적으로 작동하는 물질적

분자"8) 이상도 이하도 아니다. 표백된 책 속의 사유는 혼자 걸어 나가고, 불온한 담론은 자본의 영지에서 퇴출당하고, 시대는 해독 불능의 상태에 빠지게 된다.

시대의 혜안을 지닌 진정한 시인은 언제나 "쓸쓸하고 멀리 있"으며, "눈 뜬 봉사들만 떠드는 잡지의 나라"에서, 장님 천재는 언제나 "슬픈 꿈을 찍는다"(「장님 천재」). 이것이 자본과 기술만능시대를 살아가는 시인이 그려낸 우리 시대의 초상일진데, 진정 우리 시대는 어디로 가는가. 그대가 원하는 것은 무엇인가.

---

8) 박이문, 「과학 기술과 인간」, 『과학, 축복인가, 재앙인가』, 이화여자대학교 출판부, 2009, 96쪽.

7. 과학과 문명

7. 과학과 문명

: 편혜영 소설 『아오이가든』에 구축된 디스토피아의 세계

인류에 있어 과학은, 250만 년 전의 것으로 추정되는 최초의 도구인 올두바이olduvai 석기로부터 현대의 양자역학이나 인공지능에 이르기까지 진보를 거듭해 왔다. 원자론과 같은 고대 자연 과학에서 시작된 과학 이론은, 농업 기술의 비약적인 발전과 자연 동력을 이용한 기술, 더 나아가 정교한 실험과학까지 이루어진 중세의 과학을 거치면서 학문적인 체계를 잡게 된다. 특히 신학적 이해를 공고히 할 목적으로 논리학이나 자연 철학에 기반한 중세 특유의 학문 체계인 스콜라 철학scholasticism이 생겨 났다는 것은 주목해야 할 지점이다.

이제 과학은 신비주의와 합리주의가 공존하던 르네상스 시기(연금술과 화학, 점성술과 천문학)를 경유하여, 점차 물질세계의 인과론을 결정적인 인자로 사고하는 기계론적 과학주의를 토대로 하는 근대과학이 자리를 잡게 된다. 이에 따라 근대과학에서 신학이나 윤리학과 같은 형이상학적 요소는 거세되었으며 이제 세계는 하나의 기계로 인식되기에 이른다. 이에 따라 모든 존재는 자연스러운 쓸모를 넘어서 이용 가능성의 관점에서 접근해야 한다는 다그침을 받게 된다. 하이데거는 이를 '몰아세움Ge-stell'이라는 용어로 표현하는데, 자연에 대해 필요 이상의 에너지를 내놓으라고 무리하게 닦아세우는 '도발적 요청herausfordern'이 이에 해당한다.[1] 여기에는 자연뿐만 아니라 인간 존재까지도 부품적인 상황 속에 다그침을 받고 있다는 의미를 담고 있다.

근대 과학 이래 형성된 지식체계는 자연의 통제와 재배를 위한 도구가 되었고, 이러한 과학이라는 이름의 문명의 전횡은 세계를 통제할 수 없는 혼란 속에 밀어 넣었다. 이제 근대를

---

1) 수력 발전소가 라인강에 세워졌다. 이 수력 발전소는 라인 강의 수압을 이용하며, 이 수압으로 터빈을 돌리게 되어 있고, 이 터빈의 회전으로 기계가 돌며, 이 기계의 모터가 전류를 산출해 내고, 이 전류를 송출하기 위해 육지의 변전소와 전선망들이 세워져 있다. 전력 공급을 위한 이처럼 얽히고설킨 맥락에서는 강 역시 무엇을 공급하기 위해 거기 있는 것처럼 나타날 뿐이다.(마르틴 하이데거, 이기상 역, 『기술과 전향』, 서광사, 1993, 37쪽.) 이는 자연으로부터 동력을 얻는 방식 자체가 달라졌음을 의미한다. 과거, 풍차는 바람이 불어오기를 기다렸지 에너지를 달라고 무리하게 요구하지 않았다. 하지만 수력 발전의 경우는 최대의 에너지를 얻어내기 위해 자연을 닦아세워 이를 변형하고 왜곡시킨다.

넘어선 후기(탈) 근대의 지점에서 인공지능을 통한 4차 산업혁명을 이야기하는 이때, 우리 문학은 과학과 문명을 어떻게 반성적으로 사유하고 있을까.

1. 인간동물원 혹은 시체들의 괴담

여타 존재와 구별되는 인간의 숭고한 가치란 어디까지나 '상상'의 것일 뿐이라는 사실은 편혜영 소설을 이루는 인식론적 근간이다. 즉 사회적 규약은 물론이거니와 인간성 그 자체도 이를 정당화하는 인식소épistémè에 의해서 형성된 것이지 그 자체로 역사적 아프리오리를 간직한 것은 아니다. 이러한 담론의 질서는 통시적인 역사를 구획하는 조건으로 작용할 뿐, 발전론적 의미를 함유하고 있지 않다. 가령, 근대인의 사유란 거인의 어깨에 올라탄 난쟁이의 시선의 높이에서 바라보이는 세계이며 이성에 의해 기획된 계몽과 진보의 색안경을 통해 포착된 세계상이다.

하지만 편혜영 소설 『아오이가든』2)의 세계는 이러한 근대의 인식론적 지배소를 정면으로 부정한다. 여기에 형상화된 폐허의 풍경은 이성에 대한 자각을 기초로 하는 데카르트적 코기토cogito를 뒤엎는 반모더니티적 사유의 극단점에 위치한다. 그녀

---

2) 편혜영, 『아오이가든』, 문학과지성사, 2005.

의 소설의 인물들은 사유할 수 있는 능력을 잃어버렸기에, 쥐·구더기·물고기와 같은 '미물', 훼손된 '시체'나 '실험 도구', 더나아가 '쓰레기'와 동일시된다. 이러한 모습은 이성과 문명으로부터 멀어진, 아니 그 파국의 극단지점에 놓여 있는 처참한 디스토피아의 세계이다.

「맨홀」에서 "아이들은 쥐 떼와 다르지 않기 때문에 몸을 숨길만한 곳이면 어디든 들어가고 먹을 만한 것이면 무조건 입에 쑤셔 넣"(83쪽)는다. 또한 임신한 'C'는 과학관에서 박제가 되고 아기는 포르말린이 담긴 표본병에 들어간다. 「마술 피리」에서 단백질이 들어간 음식을 만들어 주지 않는 엄마 때문에 시름시름 앓고 있는 '미아'는 단백질 결핍으로 죽어가는 실험용 쥐 '루루'와 동일시되며, 「저수지」에서 방갈로에서 숨죽여 지내는 아이들은 "피를 묻힌 맨살의 죽은 쥐들"(31쪽)과 귀와 입으로 들락거리는 구더기와 다를 바 없다. 「만국박람회」에서도 박람회가 열리는 수해현장에서 삼촌은 돈을 벌기 위해 조카를 개와 싸우게 하는데, 여기서도 인간은 한 마리 투견으로 전락한다. 「시체들」에서는 계곡에서 실종된 아내, 아내의 것으로 추정되는 부분 사체들과 낚시꾼들에 의해서 끊임없이 건져 올려지는 사체들, 그리고 계곡에 빠져 낚싯줄에 걸리는 남편은, 모두 살아 있는 자와 시체의 구분을 모호하게 한다. 이때 인간은 물고기에게 뜯어 먹혀 훼손되거나 낚싯줄에 걸려드는 존재가 된다. 「아오이가든」에서 화자는 역병이 창궐하는 도시에 드물게 나타나는 사람이 "주검이나 주검에 가깝"(36쪽) 느껴졌으며 "멀리서 보면 쓰레기를 담은 자루"(36쪽) 같다고 말함으로써 인간을 한낱 폐물의 이미지로 전락시킨다. 존재미달의 인간이 기거하고 있는 '인간동물원', 산 자를 대신하는 시체들의 괴담은, 이성과 문명의 이름으로 포장된 인간 존재의 가면을 적나라하게 벗겨내고 있다.

2. 광기와 야만의 또 다른 이름: 인간과 문명

인간의 악마성과 야수성은 편혜영 소설에 전면적으로 드러나 있는 인간의 실체이다. 파탄난 가족관계는 이를 보다 선명하게 제시한다. 「저수지」에서 "돈을 좀더 벌고 싶"(18쪽)은 엄마는 괴물이 사는 저수지 방갈로에 아이들을 버리고 떠나고, 「아오이가든」에서 가족 간의 살의조차 "주검에다 총구를 겨누는 것처럼 허튼짓"(59쪽)으로 취급되고 있으며, 「맨홀」에서 아이들은 부모들의 방치에 의해 집을 나와 쥐 떼처럼 몰려다니며 맨홀 아래 숨어 지낸다. 「문득」에서는 "규칙성도 없고 인과성도 없"(104~105쪽)이 남편은 늘 여자를 때리고, 「누가 올 아메리칸 걸을 죽였나」에서 부모는 사소한 잘못에도 자식에게 광적인 폭력을 휘두르고 그로 인해 자식의 다리는 기형이 되고 만다. 「만국박람회」에서도 삼촌은 투견과 싸우게 하기 위해 화자를 철창 안으로 들여보내는 잔인성을 내보이고, 「마술 피리」에서는 자신의 딸('미아')이 단백질 결핍증으로 시름시름 앓고 있음에도 불구하고, 엄마는 고깃집 '박사장'과 연애를 하면서 매일 고기를 먹고 들어오며 화자에게 폭력을 일삼는다. 이와 같은 야만적 관계는 이성의 그늘에 숨겨진 인간의 야수성과 잔혹성을 재호명한다. 이러한 인간의 야수성은 문화의 이름으로 건설된 문명세계의 현실에 대한 야유를 포함한다.

  그렇다면 인간 존재의 박탈을 가져온 환경적 요인은 무엇인가? 「저수지」는 이런 질문에 대한 구체적인 근거를 제시한다. 이 작품에서 익사사고가 발생하는 저수지는 한 때 붉은 꽃잎의 수련이 피고 줄만 던지면 살이 오른 잉어가 잡혀 올라왔지만, 지금은 하숫물보다 더 더러워 어떤 생물도 살 수 없는 마을의 흉물거리로 전락한다. 경찰은 시체를 찾기 위해 저수지의 물을 퍼냈지만 실종자의 사체는 발견되지 않았고, 그곳에는 "마을을 통째로 버렸다고 해도 믿을 만큼 많은 양의 쓰레기"(34쪽)가 나온다. 이 썩은 저수지는 문명에 의해 오염된 늪이고 사람들을 삼키는 거대한 함정이다. 이는 다시 저수지에 출몰하는 괴물의 환상과 맞닿아 있다.

  이러한 문명이 파괴한 세계의 모습은 「아오이가든」의 배경이 된 도시의 풍경에서 잘 나타난다. 도시는 대낮인데도 불에 그슬린 듯 어둡고, 거리는 주민들이 내던진 쓰레기로 넘쳐난다. 이런 상황에서 도시 전체는 부식하며 역한 냄새를 풍기고, 역병이 창궐한다. 이는 문명이 만들어낸 폐허의 풍경에 다름 아니다. 「맨홀」에서 부모에게서 버려진 아이들이 기거하는 맨홀 속은 근대적 도시의 이면에 존재하는 음습하고 소외된 공간이다. 이러한 공간에서 아이들은 눈에 진물을 흘리며 쓰레기를 뒤지고, 급기야 임신 중인 'C'는 과학과 이성의 상징인 '과학관'에서 의사들에 의해 해부되어 박제가 되고, 아이는 포르말린이 담긴 표본병 안으로 들어간다. 과학의 이름으로 저질러지는 이러한 파행은 이성과 과학의 기초 위에서 진행된 근대의 기획modernity project이 얼마나 반인간적일 수 있는가를 보여준다.

「만국박람회」에서도 처참한 수해의 현장 위에 기획되는 것은 근대과학의 전시장인 '박람회'이다. 도시 전체가 수해로 아비규환의 상태에 있지만, 국가권력은 수해 때문에 잃은 정치적 위신을 회복하기 위하여 박람회 개최를 강행한다. 수재민들은 전염병과 싸우고 지렁이를 삼키면서 연명하며, 죽은 아이들은 아무 데나 묻히고 박람회장은 늘 썩어가는 짐승의 냄새로 진동한다. 더구나 전시회장 공사 중 수십 구의 백골이 발견된다. 이곳은 "수십 년 전에 있던 전쟁의 격전지"(153쪽)였기 때문이다. 지하에는 전쟁의 상흔이 쌓여 있고, 수해로 처참하게 파괴된 지상에는 근대과학의 전시장이 만들어지는 모습은, 광기와 야만의 세계 위에 건설된 근대문명의 기만적 본질을 명징하게 보여준다.

마지막으로 철창 속에서 화자와 투견의 싸움이 벌어질 때, 박람회장을 "먼지처럼 미세한 입자"(168쪽)로 날려버리는 마술 쇼가 벌어진다. 이 황당한 속임수에 의해서 휘발되는 전시장은 박람회로 상징되는 근대 문명에 대한 야유를 함유하고 있다. 편혜영의 소설은 믿어 의심치 않았던 인간의 숭고한 가치와 문명에 대한 신뢰를 바탕으로 건설된 세계의 모습을 전복시키면서, 인간과 문명이야 말로 광기와 야만의 또 다른 이름임을 말하고 있다.

3. 추醜의 미학화

편혜영의 소설에서 화자는 인간이 미물, 시체, 더 나아가 쓰레기로 취급되는 역진화逆進化와 사물화에 대해 냉랭한 관찰자적 시선을 견지하고 있다. 철저하게 파괴된 인간과 세계에 대해서 일체의 주관적 시선을 배제한 작가의 표정은 인간 존재에 대한 작가의 도저한 허무의식과 절망을 증폭시킨다. 가령 「저수지」에서 부모에게 버려진 채 방갈로에 기거하는 아이들을 묘사하는 다음의 장면을 보자. "피를 묻힌 맨살의 죽은 쥐들이 방 안을 숨처럼 떠다녔다. 사방의 벽에서 떨어진 벌레들이 쥐를 피해 갈라진 틈으로 숨었다. 숨을 곳을 찾지 못한 벌레들은 아이들의 벌린 입 속으로 드나들었다. 둘째의 귀로 꼬물거리는 구더기가 몇 마리 숨었다. 구더기들은 둘째 몸에 기생하며 목숨을 부지했다."(31~32쪽) 이러한 끔직한 장면에서 화자는 중립적인 관찰자의 태도를 잃지 않는다. 이렇게 표백된 감정의 상태는 이 속에 존재하는 인간의 모습도 벌레나 쥐와 다를 바 없다는 사실을 선명하게 드러내는 데 기여한다.

'엽기'라는 말로 요약되는 최근에 유행하는 잔혹 상상력은 이미 대중문화의 영역 안에서 영화나 애니메이션으로 제작되어 유포되었다. 도착적 행위를 담은 사진이나 추리 서사의 문법을 통해서 전달되는 범죄 스릴러나 엽기 판타지가 그것이다. 이러한 대중문화 텍스트는 일시적인 도착적 쾌락을 제공하거나, 추리의 공식에 따라 분열된 세계를 재편성하여 안도와 평화를 되찾게 하는 것으로 그 소임을 다한다.

그러나 편혜영의 소설은 일체의 희망과 전망이 사라진 종말론적 세계의 모습을 처참하게 펼쳐 보인다. 일시적인 도착도 아니고 재조립되는 평화스러운 세계의 모습 아닌, 끔찍한 디스토피아의 풍경. 바로 이 지점에서 편혜영이 보여주는 추醜의 미학화는 대중문화의 엽기 코드와 차원을 달리한다. 그녀의 소설이 단순한 엽기 내러티브로 요약될 수 없는 것은, 문명의 황폐한 심연과 이에 의해 철저하게 파괴된 인간의 모습을 낱낱이 해부하는 시선을 견지하고 있기 때문이다.

8. 환경과 생태주의

8. 환경과 생태주의

: 이문재·배한봉·최정란 시의 생태적 윤리관

우리가 살고 있는 현대는 존재했던 신은 사라지고, 아직 오지 않은(재림하지 않은) 신을 기다리는, 존재망각의 시대이다. 김준오는 이러한 하이데거의 말을 인용하면서, 현대를 신성한 것들의 결핍과 부재의 성격을 띠고 있는 "밤의 시대"이자 "가난한 시대"라고 말한다. 우리가 잊고 있는 것, 그 망각의 근원은, 수십억 년에 걸친 인류의 역사에서, 고작 몇 백 년 사이에 세계를 황폐화시킨 이성의 전횡이라 하지 않을 수 없다. 이 속에서 나타나는 존재의 불안은 단순한 현실적 차원의 문제라기보다는 오히려 언어의 혼란이라는 보다 비현시적 문제에 기인한다. 언어의 혼돈은 결국 이성이 스스로를 통제하지 못하고 모든 존재가 걷잡을 수 없는 속도 속으로 내몰게 된 현금의 상황을 구체적으로 지시한다. 그 파시스트적인 속도 속에 우리가 살고 있고, 그 속도의 재앙은 세계를 모두 집어 삼키고 있다.

아무리 파도 기름이 나오지 않았다.
그래서 지구 반대편을 팠다.
생각이 에너지다.
SK에너지*

아무리 해도 사람들 생각이 바뀌지 않았다.
그래서 텔레비전 반대편을 보았다.
맞다, 생각이 에너지다.
그래서 나는 생각한다.

지구를 그만 파야 한다.
그만 파야 할 뿐만 아니라
생각이 에너지라는 생각이 팠던
지구의 저 수많은 구멍들부터 막아야 한다.

지금 지구 반대편으로 달려가

구멍을 뚫고 기름을 뽑아 올리는 생각은

새로운 에너지가 아니다.

지구에게 잘못했다고 용서를 비는

생각이 진정한 에너지다.

아무리 해도 잘못했다는 생각이 안 든다?

지구가 곧 내 몸이라는 생각이 안 든다?

그럼 그때 자기 몸의 반대편을 파 보라.

그때 자기 마음의 안쪽을 보라.

먹고 입고 쓰고 타고 버리는 것의 앞뒤를 보라.

그것이 어디에서 어떻게 오고

그것은 또 어떻게 어디로 가는가.

그렇다면?

그런 생각이 새로운 에너지다.

그리고 그런 생각은 새로운 생각도 못 된다.

*첫 연은 SK에너지가 2007년 가을에 내놓은 텔레비전 광고(20초)
카피 전문이다.

—이문재, 「그래, 생각이 에너지다」[1] 전문

1) 이문재, 「그래, 생각이 에너지다」, 『세계의 문학』, 2007년 겨울.

이문재는 바로 그 생각理性의 문제를 구체적으로 적시摘示하고 있다. 1연은 잘 알려진 대로 유명 석유회사의 광고 카피이고 2연은 이를 패러디하여 광고의 메시지를 희화화하고 있다. 광고 카피에서 말하고 있는 '생각'이란 무엇인가. 아무리 파도 기름 이 나오지 않아 지구의 반대편에 시추공을 뚫었다는 것. 이러한 발상이 과연 창조적인 사고의 전환이라 할 수 있는가. 진정한 사고란 텔레비전의 반대편을 보는 것. 즉, 지구를 그만 파야 하는 것이다. 더 나아가 "생각이 에너지라는 생각이 팠던" 지구 의 수많은 구멍을 막아야 하는 것이다. 개발이라는 목적 합리성 아래 전지구적으로 광범위하게 벌어지는 파괴 행위와 그것을 추동시키고 정당화시키는 생각이란 바로 이성이다. 잘 알려진 대로, 도구적 이성은 자연을 타자화하고 그 대상으로서의 자연 뿐만 아니라 인간마저도 목적-수단의 관계로 소외시킨다.

화자는 직설적으로 말한다. "지구의 반대편으로 달려가 구멍 을 뚫고 기름을 뽑아 올리는 생각은 새로운 에너지가 아니다"라 고. 진정한 사고의 전환이란 "지구에게 잘못했다고 용서를 비는 생각"이라고. 그래도 스스로 반성하지 못한다면, "자기 몸의 반 대편", "자기 마음의 안쪽"을 보라고 말한다. 우리가 살아가기 위하여 취하고 버리는 모든 사이클을 보면, 그것이 결국 어디에 서 와서 어디로 가는가를 알 수 있지 않느냐고 말이다. 여기서 발견되는 새로운 생각이란 인간이 결국 자연의 일부이며 그 안에서만 살아갈 수 있는 존재라는 사실이다. 그러나 이러한 생각은, 화자의 말대로, 더 이상 새로운 생각도 못 된다. 이는 생태적 사고가 광범위한 동의를 얻고 있음에도 불구하고, 자본의 반환경적 생리와 일상적 차원의 반환경윤리적 태도가 여전히 극복되지 못하고 있음을 지적한 말이리라.

> 물고기에게 물은 살과 피, 아니 먼 조상들, 아니 물고기에게
> 물은 연인, 아니 아니 물고기에게 물은
> 달을 품고 있는 우주
>
> 나는 한번도 물속에서 살아본 적 없다
> 물고기만큼 물을 사랑하고, 물과 키스하며
> 안과 밖이 맑은 물로 채워진 세계가 되어본 적 없다
>
> 지금은 강변 모래사장을 잃은 물이 뿌우연 침묵으로 아우성치는
> 시간
>
> 자궁을 긁어내고 혼절한 여자처럼
> 원치 않던 바닥을 긁어내고 누워 있는 강
>
> 나는 한번도 물에서 살아본 적 없다고 세 번 부정하지만

내가 사는 세계의 안과 밖에는 물이 가득 차 있다

그러니까 나나 당신이나 물이 아픈 세계에서는 살 수 없는
우주의 물고기

과거의 나에게, 아니 아니 미래의 우리에게
보洑를 풀어 달라 아우성치는,
지금은 뿌우옇게 아픈 강의 이마를 저녁 어스름이 짚어주는 시간
　　　　　　　　　　—배한봉, 「강의 이마를 짚어주는 저녁 어스름」2) 전문

　주어진 생태계를 스스로 파괴하는 개체는 오직 인간뿐이다.
그것이 자멸의 길임을 모르고 끊임없이 파헤치는 우매한 개체
도 오직 인간뿐이다. 물을 오직 자원으로, 개발의 대상으로만
보면 그저 무심히 흐르는 강이 무의미하게 여겨질 수도 있다.
그러나 거기에 삽날을 꽂고, 물을 가두게 되면, 강은 피 흘리고,
끝내 썩어가게 마련이다.
　생명은 어디에서 왔는가. 모두 물에서 온 것이다. 화자는 말한
다. 내가 물고기가 아닌 이상 물속에서 살아본 적이 없다고.
물고기에게 물은 달을 품고 있는 우주이겠지만. 지금은 모래사

2) 배한봉, 「강의 이마를 짚어주는 저녁 어스름」, 『문학사상』, 2011.6.

장을 잃은 물이 "뿌우연 침묵으로 아우성치는 시간"이다. "원치 않는 바닥을 긁어내고", "자궁을 긁어내고 혼절한 여자처럼" 누워 있는, 어머니 강을 보라. 화자는 이제야 다시 말한다. 기실 "내가 사는 세계의 안과 밖에는 물이 가득 차" 있고, 우리는 "물이 아픈 세계에서는 살 수 없는 우주의 물고기"라고.

강이 아우성친다. 제발 보袱를 풀어달라고. 이렇게 절규하는 "뿌우옇게 아픈 강의 이마"를 짚어주는 것은 인간이 아니라 "저녁 어스름"이다. 우포늪을 지키며 생명을 노래하던 시인이, 어찌 어머니의 젖줄이, 생명의 자궁이 무참하게 유린당하는 모습을 보며 가슴 아프지 않았겠는가. 세계의 파국을, 아픔을, 온몸으로 투과시켜 언어로 옮기면, 이런 시가 나오는 것이리라. 담담하고 나직한 목소리에 실려 드러나는 세계의 파국이 참혹하다.

한편, 최정란 시인은 시집 『여우장갑』[3)에서 생태적·모성적 상상력을 바탕으로 문명 세계의 몰아세움 저편의 원시적 생명력을 노래한다. 다음에 제시한 「나무에 이력서를 내다」는 공장의 생산 활동에 빗대 영고성쇠榮枯盛衰하는 나무의 생태를 묘파하고 있다.

잎 지으랴 꽃 빚으랴 바쁜 나무

---

3) 최정란, 『여우장갑』, 문학의전당, 2007.

봄이 주문한 꽃들의 견적서를 쓰고

잎들의 월간 생산 계획을 짠다

가장 알맞은 순서도에 따라

발주 받은 꽃들을 완성한다

납기에 늦지 않게 꽃들을 싣고

좁은 가지 끝까지 빠짐없이 배달하려면

손이 열 개라도 모자란다

안으로 굳은 옹이를 쓰다듬는 나무

연말 결산은 붉은 낙엽으로 다 턴다

대차대조표에 빈 가지만 남아도

봄이면 다시 꼼꼼하게 부름켜를 조인다

제 몸의 스위치를 올려

가지와 뿌리를 닦고 기름친다

나도 나무공장에 출근하고 싶다

숙련공 아니어서 정식으로 채용이 안 된다면

꽃 지고 난 뒷설거지라도

나무를 거들고 싶다

첫 월급봉투처럼 두근거리며

봄인 나무와 딱 한 번, 접 붙고 싶다

—최정란, 「나무에 이력서를 내다」 전문

봄이면 잎을 만들고 꽃을 피우느라 바쁜 나무는, "봄이 주문한 꽃들의 견적서를 쓰고" "잎들의 월간 생산 계획을 짠다." 그것도 순서에 맞게, 납기에 늦지 않게, 좁은 가지 끝까지 꽃들을 배달한다. 이어 잎들을 다 떨어뜨리고 빈 가지만 남는 나무가 삶의 무상성을 뜻한다면, 또다시 봄이 와서 잎사귀를 틔우기 위해 부름켜를 조이는 나무는, 삶의 허무까지도 운명으로서 긍정하고, 손익을 따지지 않는 위대한 생생화육의 본능을 지니고 있다고 할 수 있다.

화자는 이런 나무에 이력서를 내고 "첫월급 봉투처럼" 가슴 설레며 봄인 나무와 "접 붙고 싶다"고 말한다. 매해 묵묵히 영고성쇠의 삶을 반복하는 나무의 우직함과 성실성은 대차대조표로 삶의 가치와 성공을 판가름 하는 세태에 비추어 볼 때, 그 환기력은 자못 의미가 크다. 이러한 나무의 거룩한 운동을 관찰하는 시인의 식물적 상상력을 따라 「보리밭」으로 가면 프리미티브한 성적 비유를 통해 자연의 조화를 관찰하는 놀라운 시선을 만나게 된다.

초록침대가 흔들린다
기름진 푸른 거웃 일렁인다
한바탕 바람이 뒹굴고 간다
황사 자옥한 하늘

진달래 꽃무덤을 덮으며

건조주의보가 내린다

산이 구름브래지어를 벗는다

목마른 하늘 앞에

물 오른 젖가슴을 들이민다

장엄한 수유의 풍경

사월이 서둘러 흐트러진

초록시트를 정돈한다

—최정란, 「보리밭」 전문

여기서 '보리밭'은 "초록침대", "기름진 푸른 거웃"의 비유와 같이 성적 풍요로움을 드러내며 싱그럽게 일렁인다. 하늘에는 황사로 자욱하고 대기는 건조하지만, 산은 "구름브래지어"를 벗어, 그 "물오른 젖가슴"을 "목마른 하늘 앞에 들이민다." 원래 산야의 촉촉함이란 하늘(비)로부터 주어지는 것이지만, 산이 물오른 젖가슴을 들이밀어 건조한 대기를 적셔주는 상황으로 전도되어 있다. 모성적 이미지를 환기하는 산이 대기에 생기를 불어넣고, '사월'은 초록시트(보리밭)를 정돈하여 "장엄한 수유의 풍경"에 화답한다. 이러한 자연의 질서와 조화를 아름답게 형상화하는 최정란의 시는 모성성과 식물성의 융합을 통하여 얻어진 시적 성취이다.

「여우장갑」은 이러한 시인의 자연관을 바탕으로 문명이 던진 역설적 현실을 우화적 수법으로 풍자하고 있다. 이야기는 여우가 자신의 앞발을 작은 주머니 같은 장갑에 밀어 넣는 것에서부터 시작된다. 그러니 이제 여우의 앞발은 발이 아니라 손이라고 불러야 할 상황으로 변한다.

　솜털이 보송보송한 앞발이 쏘옥 들어가는 작은 주머니 같은 장갑입니다. 여우가 앙증맞고 깜찍한 앞발을 밀어 넣습니다. 눈 덮인 하얀 겨울산을 향해 귀를 세웁니다. 눈 위에 콩콩 발자국을 찍으며 작고 예쁜 여우가 뛰어갑니다.

　이제 발 대신 손이라고 불러야 하는 앞발을 엉거주춤 들고 여우는 직립을 시작할지 모릅니다.

　장갑 한 켤레 때문에 여우가 직립을 시작한다면 사람들은 더 이상 중학교 일 학년 교과서에 직립이 인간을 다른 짐승과 구별하는 요소라고 쓰지 않을 것입니다. 앞발을 사용하게 된 여우들의 문명이 시작될 것입니다. 여우들은 여우문명의 발상 원인을 한 마디로 장갑 때문이라고 밝힐 것입니다. 최초로 장갑을 낀 여우를 기억할 것이고 그의 영생을 위한 피라미드를 세울 것입니다.

아니, 여우들만 올라갈 수 있는 비밀스런 곳에 여우장갑 한 송이를 피워두고 사람들의 것이라면 고개를 절레절레 혼들지도 모릅니다

보드라운 흙이 맨살에 닿는 날 것의 느낌, 차가운 눈이 발에 닿아 온 몸의 세포들이 찌르르 살아나는 느낌을 모르고, 사람들은 쓸모없는 물건들로 앞발을 무디게 욱죄는 참 이상한 취미를 가졌다고 깔깔거리며 웃을지도 모릅니다.

이런 내 마음을 아는지 모르는지 여우장갑은 현명한 암여우처럼 제 몸을 좀체 드러내지 않습니다. 아직도 덫에 걸리지 않고 잘도 피해 다니고 있습니다.

여우장갑을 보호하고 계시거나, 보관하고 계신 분은 부디 연락바랍니다.

—최정란, 「여우장갑」 전문

장갑 한 켤레 때문에 여우가 직립을 시작한다면, 인류의 역사가 그러했듯이, 앞발을 사용하게 된 여우는 문명을 만들기 시작할 것이다. 여우들은 최초로 장갑을 낀 여우를 기억할 것이고 그 조상을 숭배하게 될 것이다. 그러나 '장갑'이라는 문명의 기호는 "보드라운 흙이 맨살에 닿는 날 것의 느낌", "차가운 눈이

발에 닿아 온 몸의 세포들이 찌르르 살아나는 느낌"을 모두 사라지게 한다. 이것을 '직접성'이라고 부른다면, 문명이라는 것은 대상과의 직접적 교감을 점점 거세하는 방향으로 변화해 온 것이다. 그 변화를 우리는 발전이라는 이름으로 불러왔지만, 운송수단의 발전은 물리적 보행을 제거했고, 영상매체의 발전은 가상적 이미지로 본질을 대체하게 했으며, 컴퓨터의 등장은 아날로그적인 사고의 과정을 제거하지 않았는가. 역설적으로 말하자면, 문명의 이기가 인간을 역진화逆進化하게 만든 것은 아닌가. 그렇기 때문에 여우들은 사람의 것이라면 고개를 절레절레 흔들며, 사람들은 쓸모없는 물건들로 앞발을 무디게 욱죄는 이상한 취미를 가졌다고 비웃을지도 모르는 것이다. 이와 같이 최정란 시인은 전통 서정이 보여주었던 진부한 자연친화적 정서에서 벗어나, 프리미티브한 시적 상상력을 활달하게 펼쳐 보여줌과 동시에, 문명비판이라는 식상할 수 있는 주제의식을 우화적 기법을 통해 날렵하게 표현함으로써 인상적인 시적 성취를 얻어내고 있다.

9. 재난과 아포칼립스

9. 재난과 아포칼립스

: 신현림·유계영·김중일 시의 묵시론적 세계관

재난은 자연 현상의 변화나 인위적인 사고에 의해 발생한 피해를 말한다. 재난의 종류는 크게 자연재난, 인적 재난, 사회적 재난으로 분류한다. 자연재난은 태풍, 폭우, 폭설, 가뭄, 황사, 지진, 쓰나미 등에 의해 발생한다. 인적 재난은 사람의 실수나 고의적인 행위로 인해 발생하는 재난을 가리킨다. 사회적 재난은 테러, 금융 위기, 전염병 등 사회 부조화 속에서 발생하는 재난을 말한다. 최근 들어 재난은 각각 독립되어 발생하기도 하지만 다른 재난과 결합하는 복합 재난이 발생하는 경향이 강해지고 있다.

다음에 제시되는 3편의 시는 우리 사회의 여러 가지 문제들 속에서 유발되는 사회적 재난을 바탕으로 구원 없는 세계에서 살아남기 위한 몸부림을 보여줌과 동시에 파국의 원인과 그 길항에 대한 윤리적 의미를 고찰하고 있다. 먼저 신현림 시인은 우리를 둘러싼 사회적 재난에 대한 현실적인 질문을, 유계영 시인은 구원의 불가능성을, 김중일 시인은 파국의 상황에 대한 인내와 처절한 싸움의 의미를 구체적으로 시화하고 있다.

내 인생은 온갖 물음으로 만든 주머니였다

물음이 울음으로 끝나지 않게 묻곤 했었지

결혼도 사랑도 하기 고단한 나라에서 우리는 무엇일까

언제까지 서로의 피난처가 못되고

서로를 믿지 못하고

서로를 인정하지 못하고

밀어내는 눈보라 소리를 낼까

페북, 인스타그램 등 SNS 무대에서

언제까지 나를 알리고, 팔아야 하나

우리는 SNS 무대가 아니면 만날 수 없는 생을 살고

쇼핑백무덤에 간편히 누워 장례식을 치르고

명복을 빌어야 할지 모른다

돈이 있으면 예전에는 그냥 부자구나 했는데,
돈이 있으면 이제는 존경하고 부러워하는 세상이 되었다

8년 일해 번 돈을 잃고
8년째 반지하방을 못 나오는
나를 화살처럼 날려버리고 싶다가도
살기 위한 모진 주먹들이
꿈꾸는 걸음들이
제대로 사랑하기 위한
몸짓이어야 함을 이제는 아네

지구가 회전의자처럼 빨리 돌고,
어느 곳이든 썩은 냄새가 난다
아무리 일해도 나아지는 게 없고
아무리 달려도 제자리걸음에
내 주머니에 흐린 눈물만 가득하다

요즘은 가는 곳마다 벼랑 같아
뭘 어찌 해야 할지 모르겠다
물음이 울음으로 끝나지 않게
나대신 비명을 지르는 유리창이 흔들린다

아, 아프다고 외치지도 못하는 저녁에

—신현림, 「물음 주머니」[1] 전문

시에는 적어도 고통의 흔적이 있어야 한다. 그것이 인식론적인 갈망이든, 현실에 대응하기 위한 안간힘이든, 그로 인한 절망이든, 시와 현실의 계면에는 몇 방울의 피가 아교처럼 응혈져 있어야 한다. 사랑과 이념을 상실한 세기말의 내면풍경을 진솔하게 묘파했던 신현림 시인이 지금-여기 우리 삶의 지옥도를 명징하게 드러내면서 그 고통을 노래하고 있다.

먼저 화자는 이렇게 묻는다. "결혼도 사랑도 하기 고단한 나라에서 우리는 무엇일까"라고. 3포(연애·결혼·출산 포기)를 넘어 9포 세대(연애·결혼·출산·취업·주택·인간관계·희망·건강·외모 포기)로 나아가고 있는 사회에서 그 사회성원의 존재를 묻는 것은, 이것이 개인의 문제가 아니라 이를 불가능하게 만든 사회, 더 나아가 국가 시스템에 의문을 제기하기 위함이다. 만남을 통해 "서로의 피난처"가 되지 못할 때 우리는 차라리 혼자이기를 택한다. 1인 가구의 증가는 이를 반영하고 있고 혼밥, 혼술 등의 문화는 접촉성 질병의 상태에 놓여 있는 우리의 자화상에 다름 아니다.

---

1) 신현림, 「물음 주머니」, 『시로여는세상』, 2016년 겨울.

그렇다면 우리는 어디서 타자와 가장 쉽게 만나고 교류하는가. 화자는 SNS를 지목한다. 우리는 "SNS 무대가 아니면 만날 수 없는 생을 살고" 있다. 그곳은 수많은 이들이 스스로의 생각과 일상을 노출하고 타자들의 '좋아요'를 통해 평가받으며 그를 통해 위안을 얻는 세계다. 그러나 그 접촉이란 타자를 이해하고 관계 맺기 위한 것이 아니라 나 자신을 증명하기 위한 도취적 성격이 강하다면, 이는 진정한 만남일 수 없다. 이렇게 인스턴트화된 생의 모습은 죽음까지도 "쇼핑백무덤에 간편히 누워" 치르는 장례식으로 사물화된다.

　이 속에서도 끈질기게 달라붙는 생의 기반은 지긋지긋한 돈의 문제다. "8년 일해 번 돈을 잃고/8년째 반지하방을 못나오는" 출구 없는 유리천장 사회! 그러나 "살기 위한 모진 주먹들이/꿈꾸는 걸음들이/제대로 사랑하기 위한/몸짓이어야 함을" 화자는 알고 있다. 그 소망마저 없다면 "어느 곳이든 썩은 냄새가" 나고, "아무리 일해도 나아지는 게 없는" 세상을 살아갈 이유가 없기 때문이다.

　"요즘은 가는 곳마다 벼랑 같아/뭘 어찌 해야 할지 모르겠다"라는 진솔한 표현은 우리 시대의 억눌린 수많은 하위주체들의 생의 절망을 반영하고 있다. 그리하여 화자는 "아무리 달려도 제자리걸음"인 현실과 "꿈꾸는 걸음"이 상징하는 극복의 의지 사이에서 "아, 아프다고" 비명조차도 지르지 못한 채 질식하고 만다. 생에 대한 물음이 울음이 되지 않기 위한 화자의 악전고투가 헬조선을 견디는 우리 모두의 마음에 깊은 공감을 던져주고 있다. 부러 꾸미고 배배 꼰 언어가 아니라 날 것 그대로의 인식과 정서를 드러낸 과감한 진술이 오히려 핍진성을 더한다.

손톱은 밤에 깎는다
시궁쥐들의 분발을 위해
인간이 못 다 저지른 악행을 대신해 준다면
우리는 더 많은 치즈를 빚을 것이다

다음엔 가혹하게 끝내주시겠지
신도 있다는데
무거운 얼굴을 씰룩거리는 새들의 병은
오늘도 차도가 없다
즐겁고 즐거운 나머지

연인들이 다정하게 손을 맞잡고 지나간다
그러자, 그렇게 하자
중국매미는 바로 죽여야 한대
천적이 없기 때문이래 친구가 말한다
천적이 없는 신 같은 건 만날 일 없던데?

그러자, 그렇게 하자

시작하는 안녕은 몰라도 끝내는 안녕은 잊지 마
팔이 하나뿐인 남자는 잊지 않았다
발이 세 개 되는 그는 유일한 팔로
세 번째 발목을 들고 근면성실 양말을 팔았다

아침에 켜두고 간 형광등이
그대로 켜져 있는 방으로 돌아왔다
불쑥 떠오른 대낮에 한 약속
기꺼이 서로의 신이 돼주기로 한
언제 어디서나 꺼낼 수 있는 포캣치즈처럼

　　　　　　　　　　　　　　　　　—유계영, 「공공 서울」2) 전문

　유계영 시인은 주인이 함부로 버린 손톱을 먹은 쥐가 사람으로 변해 가짜가 진짜 행세를 하는 옹고집전의 '진가쟁주眞假爭主 모티프를 우선 제시한다. 그런데 여기서 화자는 시궁쥐를 "인간이 못 다 저지른 악행을 대신해" 주는 대상으로 동기를 변형하고, 이를 위해 우리는 더 많은 치즈를 빚을 수 있다고 말한다.

---

2) 유계영, 「공공 서울」, 『문장웹진』, 한국문화예술위원회, 2016.12.

이처럼 쥐가 대속의 대상으로 제시된 것은 악행의 원조가 인간임을 말하기 위해서이다.

이어 "다음엔 가혹하게 끝내주시겠지"라는 심판의 묵시록이 제시되는데, "무거운 얼굴을 씰룩거리는 새들"로 상징되는 피조물들의 병은 차도가 없고, 그저 향락의 날들을 보내고 있을 뿐이다. 악의 공간인 서울이라는 소돔성은 "즐겁고 즐거운 나머지", 아포칼립스apocalypse의 날은 영영 오지 않을 듯이 깊은 향락의 병에 물들어 있다.

손을 맞잡은 연인들처럼 일상은 평화롭고, 천적이 없는 중국매미는 바로 죽여 버릴 수 있지만, 천적이 없는 신은 만날 일이 없다. 언제나 숨어 있는 영생불사의 신. 인간의 비극을 지켜보기만 할 뿐 나타나 말과 행동으로 개입하지 않는 신. 그렇게 구원의 형식으로서는 부재하면서 동시에 현존하는 신. 화자는 "그러자, 그렇게 하자"라는 말을 통해 비극적 세계 인식을 담담하게 받아들이는 듯한 태도를 취하지만, 이는 포기나 체념에 다름 아니다.

팔이 하나밖에 없는 남자는 곧 발이 세 개인 남자이고, 그는 유일한 팔인 "세 번째 발목을 들고 근면성실 양말을" 판다. 이 순수하면서도 절박한 실존의 양태에도 불구하고, 신은 서울 하늘에 나타난 적도 없고 나타나지도 않는다. 그리하여 화자는 대낮에 친구와 맺은 "기꺼이 서로의 신이 돼주기로 한" 약속을

떠올린다. 서로에게 "포켓치즈"처럼 꺼낼 수 있는 신이 되어
준다는 것. 신은 숨어 있다. 있는 것은 확실하지만 언제나 부재
의 방식으로만 현현하는 신. 이 비극에 맞서 서로에게 신이 되어
주겠다는 약속은, 진정한 자기구원을 상실한 "공공 서울"의 비
극이 아닐 수 없다. 이때 공공을 公共(사회의 일반 구성원에게
공동으로 속하거나 두루 관계되는 것)으로 보았을 때, '공공 서
울'이란 온갖 악행이 넘쳐나는 소돔성으로서의 보편적 도시공
간으로 이해할 수 있다. 숨은 신에 함축되어 있는 비극적 세계인
식이 공공의 서울에 어떻게 겹쳐지는가를 고구한 이 작품은,
자기구원의 불가능성과 그 단념의 방식, 더 나아가 실존적 결속
의 방식을 담담하게 진술하고 있다.

세상은 매일 매순간 무너지려 한다.
한순간도 천지사방은 시간을 견디지 못한다.
한순간에 무너지고 우주가 쏟아질 수 있다.

세상 모든 새들은
잿빛 댐처럼 우주를 가둔 하늘을 틀어막고 있다.
하늘이 터져 지상이 우주로 뒤덮이지 않도록,
새들은 일생 쉼 없이 우주가 흘러나오려 하는
제 몸피만큼 작은 바람구멍들을 계절마다

매일매일 시시각각 날아다니며 틀어막고 있다.

새들이 모두 잠든 밤이면
우주가 새어나와 지구가 침수되고
집들과 배들과 별들의 깨진 창문 같은 잔해가
둥둥 떠내려왔다가 떠내려간다, 떠내려가다가
흘러내려가다가 고인 곳, 봉분처럼 쌓인, 고인의 곳.

세상의 모든 사람들은
잿빛 댐처럼 지구를 가둔 땅을 틀어막고 있다.
땅이 터져 우주가 지구로 뒤덮이지 않도록,
사람들은 일생 쉼 없이 지구가 흘러나오려 하는
제 발자국만큼 작은 땀구멍들을
매일매일 시시각각 발바닥 닳도록 서로 오가며 틀어막고 있다.

엄마들은 자식이 죽었다는 소식을 전해 듣고
그 순간 한순간에 세상이 무너질까봐
그 자리에 곧바로 무더지듯 털썩 주저앉는다.
지구가 땅속 깊은 곳에서부터 폭발해 터져나오려는
그 순간 그 자리를 틀어막듯 주저앉는다.

단 한걸음도 더 내딛지 못할 순간이 왔다.
단 한방울도 남김없이 온 힘이 빠져나간 순간이 왔다.
이제 어떡하나, 엄마들 가슴 한가운데 난 구멍을.
당장 막지 않으면 금세 금가고 갈라져 댐이 툭 터지듯
한순간 무너져내릴 텐데, 세상이 엄마로 다 잠길 텐데.
세상 모든 사람들 물살에 무릎이 부러지고
막지 못한 얼굴의 모든 구멍에서 온몸이 줄줄 다 흘러나올 텐데.

이렇게 오랫동안 기적을 기다리며
매순간 무너지려는 길을 틈새를
매순간 무너지려는 공중의 틈새를
천지사방을 이 시간을 온몸으로 막으려
죽어서도 그들은 여기에 서 있다.

—김중일, 「매일 무너지려는 세상」[3] 전문

　우리가 살아가는 세상은 매일 무너지려 한다. 모든 것은 시간을 견디지 못하므로 인간은 끊임없이 낡은 것을 수리하거나 허물고 다시 세우기를 반복한다. 그것이 문명의 역사라면 그 막다른 골목인 우리의 시대는 어떠한가. 네트워크 형태의 시스

　3) 김중일, 「매일 무너지려는 세상」, 『창작과비평』, 창비, 2016년 겨울.

템으로 규율되고 작동되는 현대사회의 바벨탑은 그만큼 취약하고 그 파국은 막대하고 광범위하다. 지진·쓰나미·전염병 등 대규모 자연재해나 테러·금융위기·각종 사고 등 사회적 재난은 전지구적으로 발생하고 있고 또 복합적인 형태를 띠기도 한다. 이는 그만큼 우리의 삶의 조건이 취약하고 불확실한 토대 위에 놓여 있다는 것을 말해 준다.

그런 의미에서 우리의 평온한 일상이란 재난들의 간극을 아슬아슬하게 통과해 가면서 유지되고 있는 것이다. 세상의 모든 새들은 우주가 흘러나오지 않게 우주를 가둔 하늘을 막고 있고, 세상의 모든 사람들은 지구가 흘러나오지 않게 지구를 가둔 땅을 틀어막고 있다. 이 팽팽한 긴장과 위기를 "매일매일 시시각각" 견디는 존재들. 이런 존재의 재난상황은 미증유의 사태이며 종말론적인 위기의 상황을 내포하고 있다.

이때 자식이 죽었다는 소식을 전해들은 엄마들은 그 자리에 털썩 주저앉는다. 하지만 이 주저앉음이란 망연자실의 감정을 드러내는 것이 아니라 "지구가 땅속 깊은 곳에서부터 폭발해 터져나오려는/그 순간 그 자리를" 틀어막는 행위이다. 온몸으로 절망의 불덩이들을 막아선 엄마들. 화자는 이를 "단 한 걸음도 더 내딛지 못하는 순간"이라고 말한다. 이어 "엄마들 가슴 한가운데 난 구멍을" 어떡하느냐고 탄식하며 그 구멍을 당장 막지 않으면 "댐이 툭 터지듯/한순간 무너져 내릴 텐데, 세상이 모두 엄마로 다 잠길 텐데"라고 절체절명의 파국적 상황을 타전한다. 우리는 2014년 4월 16일 세월호 참사에서 자식 잃은 엄마들의 오열과 분노를 목도하지 않았는가. 그리고 유가족들은 자식의 죽음이라는 아픔을 딛고 이대로 진실이 수장되어 버리면 안 된다는 생각으로 지금도 진실을 인양하기 위해 싸우고 있지 않은가. "그 엄마들의 가슴 한가운데 난 구멍"을 어찌할 것인가. 당장 그 구멍을 막지 않으면 세상이 무너져내릴 텐데. 그 엄마들은 이제 갈라져 무너지려는 세상에 맞서 안간힘을 쓰고 있는 것이다. 그들은 오랫동안 "기적을 기다리며" "무너지려는 길의 틈새를" "무너지려는 공중의 틈새"를 온몸으로 막으며, "천지사방을 이 시간을 온몸으로 막으며 죽어서도" 여기 서 있을 수밖에 없다.

우리가 재난사회에 살면서도 일상이 유지되는 것은 재난의 상황을 인지한 혹은 그 비극을 이미 직간접적으로 경험한 사람들의 희생과 의로운 싸움의 결과라는 사실을 잊어서는 안 된다. 당장이라도 무너져 내릴 우주가, 당장이라도 터져 나올 지구가 오늘도 무사한 것은, 무수한 구멍들을, 균열의 틈새들을 온몸으로 틀어막고 있기 때문이다. 세상이 무너질까봐 자리에 주저앉아 온몸으로 그 순간 그 자리를 틀어막고 있는 자식 잃은 엄마들처럼.

10. 디아스포라와 다문화

10. 디아스포라와 다문화

: 정미경·김애란의 소설에서 월경越境의 의미

이산離散은 단지 지리 영토적 문제가 아니다. 디아스포라Diaspora
는 팔레스타인 땅을 떠나 전세계로 흩어진 유대민족의 현실을
가리키는 용어이다. 이는 파종을 뜻하는 그리스어에서 유래한
말로서 자기가 살던 곳을 떠나 다른 곳으로 이동하는 것을 지칭
하는데, 여기에는 "자기 땅에서 유배된 자들"의 운명과 그들의
고통이 스며있다. 이러한 고전적 의미의 디아스포라는 전쟁이
나 파시즘, 빈곤 등의 문제로 인해 추방되거나 이주되어 민족
(혹은 국가)라는 결속적 공간으로부터 흩어진 이들의 현실을
지칭하는 용어로 그 외연이 확장된다.

우리의 역사 속에서는 구소련에 의해 중앙아시아로 강제 이주된 고려인, 하와이 사탕수수 노동자들, 재일 조선인이나 중국 조선족, 수많은 탈북난민들, 우리 사회의 기층을 형성하고 있는 이주 노동자들, 국제결혼으로 들어온 외국인 배우자들과 그들의 가정에서 디아스포라의 현실을 찾아볼 수 있다. 여기서 우리는 과거 냉전 시대 강제적으로 이루어진 이주 정책뿐만 아니라 자유와 돈벌이를 위해 국경을 넘는 최근의 양상에서도, 이들을 타율적으로 강제하고 있는 외적 요인을 놓쳐서는 안 된다. 특히 최근에 나타나고 있는 디아스포라는 이념적 모순과 자본의 양극화 문제로부터 배태된 정치적·경제적 '난민'의 성격이 강하다.

1. 탈북자 'K'의 월경

정미경의 「울게 놔두세요」[1]는 탈북 피아니스트 'K'와 프리랜서 기자인 화자와의 관계를 축으로 서술되고 있다. 취재를 계기로 만나게 된 'K'는 처음엔 단순한 인터뷰이interviewee였지만, 나중엔 오누이에 가까운 사이로 발전하게 된다. 그런데 난데없이 그가 수면제 과다복용으로 소동을 일으키는 사건이 발생한다.

---

1) 정미경, 「울게 놔두세요」, 『현대문학』, 현대문학사, 2009. 3.

왜 그랬을까. 북한에서 중국을 통해 서울까지, 국경을 두 번씩이나 넘어, 그토록 닿고 싶었던 남한 땅에 발을 들여놓았음에도 그는 왜 죽으려 했던 것일까.

언제까지나 익숙해지지 않는 게 있어요. 바흐의 아름다움이 매번 낯선 것처럼 말이에요. 이곳에서의 제 삶도 마찬가지였어요.

(85쪽)

북한에서도 친구들과 모여 맥주를 마시며 남쪽 유행가를 부르곤 했었다는 'K'! 바로 이런 노래 때문에 백 장의 반성문을 써야 했다는 그는, 마일스 데이비스를 자유롭게 연주할 수 있는 남한을 동경의 땅으로 여겼다. 그러나 그는 이제 다시 베토벤이 좋아진다고 말한다. 베토벤과 마일스 데이비스! 이 간극이 바로, 최인훈 식으로 말하자면, "개인적인 욕망이 타부로 되어 있는 잿빛 공화국"과 "비루한 욕망과 탈"을 뒤집어쓴 자본의 세계에 대한, 또 다른 표현인 것! 최인훈의 『광장』으로부터 한 치도 자유롭지 못한, 오히려 그 모순이 더욱 고착화된 오늘날의 풍경이랄까. 그는 "유치하고 가벼운 것들. 자본가의 지폐처럼 가볍게 날리는 이 곡을 마음대로 연주하고 싶어서, 미치도록 그러고 싶어서" 왔다고 말한다. 그러나 남한에서의 그의 삶과 내면 풍경은 과연 어떠했는가. 그것의 상징적인 단면을 제시하는 공간은, 연주회가 열린 어느 기업의 회장 집이다. 그는 거기에 모인 사람들을 풍요롭게 해주는 준비물에 불과했던 것이다.

내 맞은편에 앉은 여자가 남편에게 속삭였다. 근데, 탈북자인 줄 모르겠다. 말투도 티가 안 나는데? 과연 그랬다. 피아노 연주 외엔, 다 괜찮았다. K의 얼굴 어디에도 평양산 청년의 흔적은 남아 있지 않았다.

(96쪽)

이른바 '새터민'으로 지칭되는 탈북자들에 대한 남한 사람들의 편견이 바로 이러하다. 그 역시 겉으로는 지난 시절의 고통을 모두 씻은 듯 했지만, 탈북과정에서 중국 공안에게 걸려 수감되고 고문을 겪었던, "학대받는 짐승의 시간"(97쪽)이 있었다. 사람들은 다시금 그에게서 고통의 시간을 발견하려 한다. 탈북자라고 하면, 사람들은 음악을 원하는 것이 아니라 "수류탄을 움켜쥔 모습", "지뢰를 밟아도 끄떡없는 강철인간의 모습"을 확인하고 싶어 한다는 것. 이러한 남한 사람들의 시선에 주눅이 든 그는, "죽음을 곁에 두고 살던 그때보다도 더" 삶에 두려움을 느낀다. "태어난 아파트에서 다른 아파트로 이사한 경험밖에 없는 내가"(113쪽), 하나를 쥐기 위해 다른 한 세계 전부를 놓아버린 청년, 'K'를 온전히 이해한다는 것은 애초부터 어렵다. 더욱이 남한 사회에서 쁘띠 부르주아적인 생활수준과 삶의 방식에 익숙한 화자에게 그는 "새로운 환경에 적응하지 못한 외로운 종種"으로 비춰질 뿐이다. 그에 대한 감정도 바로 이러한 연민에서 출발한 것이다. '집밥'을 한 번 먹이고 싶다는 생각에 'K'를 초대한 화자였지만, 그것은 '예외적인 존재'에 대한 단순한 알심, 그 이상도 이하도 아니었다. 그러나 그는 거리를 좁히며 다가오고 화자에게 "누나라고 불러도 돼요?"라고 말한다. 그것은 '배고픔'과 같은 간절한 '외로움' 때문이었을 것. 화자는 그에게 누나라고 불린 순간부터 그와의 관계에 마음이 쓰인다. 그가 걸어오는 전화는 "때로는 귀찮았고 가끔은 반가웠다". 그러나 그와 연락이 소원했던 사이, 그는 결혼정보 회사에 등록을 했고, 홀린 듯이 한 여자에게 빠져들었다. 그러나 그녀는 꽃뱀이었고, 결국 그는 모든 것을 잃고 말았다. 그것은 "목숨 걸고 찾아온 이 세계의 노골적이고 추악한 속성을 절절하게 겪어냈다"(108쪽)는 뜻이다. 그래서 그는 수면제를 삼키고 말았다. 그의 주변 사람들도 그를 이해하는 척 했지만, 그에게 여자를 소개시켜 주지는 않았다. 정작 그의 처절한 외로움은 모두가 외면하고 만 것이다. 그는 '점點'과 같은 삶이 아니라 "내 발을 딛고 설 영토"를 갖고 싶었다. 그러나 모든 것을 잃고 만, 스물아홉 살 청년, 'K'! 그는 "어린 도망자의 모습"으로, "정처라고는 없는 난민"(109쪽)처럼 울고 있다.

화자는 과연 그를 이해할 수 있을까 회의한다. 자신이 딛고 설 수 있는 작은 땅조차도 얻지 못한 이산자의 외로움과 불안과 허무를. 그러나 "그를 이해하겠다는 욕심만 부리지 않는다면 앞으로도 오랫동안 우리는 모호하고 독특한 우애를 나눌 수 있지 않을까" 생각한다. 울게 놔두세요, 라는 제목은 곧 "제 뿌리를 뽑아들고 달아난" 그를 이해하는 하나의 방식을 의미한다. 울지 말라고 달래주는 것이 아니라, 우는 그의 곁에 서서 잠시 눈을 감고 기다려 주는 것이다. 나와 같지 않고, 결코 나와 같아질 수도 없는 그를 받아들이는 것. 같아질 것을 강요하거나 편견 속에 그를 가두지 말 것. 바로 이것이, 탈북난민과 새터민으로 상징되는 한국적 이산의 현실 속에서, 서로가 서로를 받아들이는 하나의 방식이 될 수 있으리라.

소설 『광장』의 '이명준'은 아직도 우리 도처에서 외롭게 흐느끼고 있다. 「울게 놔두세요」의 주인공 'K'의 절망도 이명준이 느낀 남과 북의 현실에 대한 환멸과 다르지 않다. "퇴폐는 혁명의 적"(91쪽)이라는 'K'의 러시아 친구의 말이 지배하는 '광장'은 명백히 거부되어야 할 대상이다. 또한 비루한 욕망의 숙주인 부르주아 사회의 '밀실'도 부정되어야 한다. 광장과 밀실이라는 상호부정의 간극은, 지금의 역사 속에서 끊임없이 재생산된다. 국경은 더 이상 영토의 문제에 국한되지 않는다. 그것은 고착된 이념적 편견으로 우리 안에 존재하면서 서로를 배척하게 하는 내면적인 구분선으로 우리를 끊임없이 갈라놓고 있다.

2. 조선족 '임명화'의 월경

김애란의 「그곳에 밤 여기의 노래」[2] 속의 택시 안에서 중국어 기초 회화 테이프가 돌아가고 있다. 택시 기사인 '용대'는 어색해하며 중국어 회화를 따라 읊는다. 그러나 그는 중국어의 낯선 성조 자체가 입에 붙지 않는다. 이 테이프에 담긴 목소리의 주인공은 다름 아닌 그의 부인이었다. "웃을 땐 하얗게 웃고 죽을 땐 까맣게 죽어간 여자"(123쪽), 김명화. 그녀는 지린성 옌지에서 온 조선족 여인. 이방인처럼 살아야만 했던 그녀는 언제나 '말들'에 고팠다. 무언가 타인에게 자신의 말을 이해시키려 할 때마다 커지던 눈동자, 그 기울어지던 마음까지도 그는 기억하고 있다. 그러나 그녀는 이제 여기 없다.

'용대' 역시, "주위의 홀대를 받"고 자란 "가문의 수치, 가문의 바보, 가문의 왕따"(123쪽)다. 가정에서의 소외는 그의 마음이 악해서가 아니라, 천생 순진하고 세상 물정에 어수룩했기 때문이리라. 그런 그의 성격과 태도로 인하여 여러 가지 사고들이 일어났고 그런 일들이 반복되자, 가족들은 그를 "불성실하고

---

2) 김애란, 「그곳에 밤 여기의 노래」, 『문학과사회』, 문학과지성사, 2009. 봄.

인내심이 적으며 유아적인 인간"(124쪽)으로 취급했다. 그가 색시라고 소개한 다방 여자가 오토바이 보험금을 가지고 떠났을 때도, 식구들은 당연하다는 반응이었다. 그런 그가 부동산 사기를 당해 집을 날린 후, 깡패들의 무시무시한 최후 통지를 받던 날, 그는 가출을 하게 된다. 가출이라고 부르기도 뭣한 서른일곱의 나이에!

그런 그가 도시에 와서 '명화'와 같은 "눈 깊은 조선족 여자의 친절에 홀딱 빠져버린"(125쪽) 것은 당연한 일인지도 모른다. 가정에서 이물 취급을 받아야만 했던 '용대'와 이곳에서 영원한 이방인으로 살아갈 수밖에 없는 '명화'의 관계는 '뿌리 뽑힌 자 déraciné'라는 공동의 상징성을 갖는다. 가문의 왕따일 뿐만 아니라 도시의 속도에 적응하지 못하는 사내와 이국 땅에서 외로움에 지친 조선족 불법체류자의 만남이라니! 그는 오직 '명화'를 보기 위해 그녀가 일하는 기사 식당에 자주 들른다. 마침내 그들은 결혼식도 없이 구청에서 도장만 찍고 결혼생활에 들어간다. 살림을 차린 후, 한 달 동안 이 둘은 돈이 다 떨어질 때까지 반지하 방에서 몸만 섞었다. 이때가 '용대'에게는 가장 행복했던 시절이었으며, '명화'에게는 처음으로 쉬는 느낌을 가지게 했던 순간이었다. 돈이 떨어지자 용대는 다시 택시 기사로 나선다. 그리고 몇 달 후, '명화'가 위암이라는 사실이 밝혀진다.

아내의 병이 깊어가던 어느 날, 그는 가족들에게 사정을 전한다. 그러나 가족들은 '명화'를 그 옛날 다방 여자정도로 여기고 이를 무시한다. 명화는 결국 "나쁜 냄새를 풍기며, 바싹 쪼그라든 채"(134쪽) 죽어간다. 그러나 '용대'는 '명화'를 어떻게든 살리고 싶어한다.

> 너, 진짜 몰랐냐. 다 알고 시집온 거 아니냐. 그게 아니면 나 같은 놈을 니가 왜 만났겠냐. 내가 그렇게 만만해보였냐. 뒤질려면 혼자 뒤지지 누구 인생을 망치려고 이러냐. 눈이 희번득해져 '씨발년아' '쌍년아' 상욕도 서슴지 않았더랬다. 명화는 멱살을 잡힌 채 아무 저항도 변명도 하지 않았다. 그러곤 순한 아이처럼 무기력하게 용대의 바짓가랑이에 토했다. 용대는 눈이 뒤집혀져 "이게 정말?"하고 그녀를 때리려 손을 번쩍 들었다. 그러고는 그대로 주저앉아 아이처럼 껄껄 울기 시작했다. …… 이 나쁜 여자를, 살리고 싶다, 생각하면서.
>
> (142쪽)

이 간절한 절규를, 우린 과연 이해한다고 말할 수 있을까. 이들의 절박한 상황은 사회적 소외라기보다는 차라리 숙명이라고 할 만큼의 간악한 운명적 비극으로 여겨진다. 호사에는 마가 끼고, 불운은 늘 겹쳐 일어난다. 가문의 천덕꾸러기였던 그가 사랑해서 결혼한 여자가 위암으로 죽어가는 조선족 여인이라니! 그들이 신혼의 단꿈 속에 파묻혀 서로를 껴안고 있던 한

달 간의 시간은, 예정된 마魔를 향한 찰나의 호사好事였는지도 모른다.

명화를 진심으로 사랑했던 용대는 그녀를 살리기 위해 온갖 노력을 다 한다. "비자도 없고 돈도 없고 갈 데도 없고 병드니까 너에게 붙은 거"라는 주위사람들에 말에도 아랑곳없이, 그들에게 바보 취급을 당할지언정, 용대는 오로지 그녀를 살리기 위해 매달린다. 그러나 언제나 비극의 결말은 죽음. 이제 그의 아내는 없고, 중국어 테이프에서 흘러나오는 목소리로만 존재한다. 아내가 죽은 후, 그는 검은 봉지에 담아 처박아두었던 테이프를 다시 꺼내 듣는다. 그렇게 그 여자 나라 말을 외면서, 자신이 차츰 나아지고 있다고 생각한다. '용대'는 테이프에서 들려오는 명화의 목소리를 중얼거리며 가속페달을 밟는다.

아무도 신경 쓰지 않는 약속처럼, 나뭇가지에 끝끝내 매달려 있는 은행 몇 알이 방금 막 지나간 택시를 굽어보며, 떨어지지도 썩지도 못한 채 몸을 떨고 있다.

(144쪽)

이 작품의 대미를 장식하고 있는 이 시적인 문장이야말로, '용대'의 상황을 여실하게 나타내고 있다. "떨어지지도 썩지도" 못하는 '은행'이란, 죽고 싶을 만큼의 상처를 안고 살아가는,

살아남은 자의 슬픔으로 하루하루를 견디는, 그의 내면풍경을 시현示顯하는 등가적 상관물이다. 무섭다! '명화'가 죽었을 때, 그가 받았던 그 생생한 감정. 아내가 녹음해준 이 테이프 안에 무섭다는 말이 들어 있다면, 살면서 그녀는 대체 이 말을 몇 번이나 했을까, 그는 생각한다. 떨어지지도 썩지도 못한 채 두려움 속에 떨고 있는 은행 알들…… 이들이 어디선가 지금도 처절하게 울고 있을 것을 생각한다면, 우리가 발 딛고 살고 있는 이 현실은 얼마나 무섭고 잔인한가.

국경을 넘어온 사람들, 이들의 삶의 구체성은 대개 연구실에서 작성되고 비생산적으로 유통되는 논문에서보다는, 다큐멘터리와 같은 논픽션 영역, 소설과 영화를 필두로 하는 허구적 서사 영역에서, 그들의 비참한 운명에 값하는 진정성을 성취하고 있다. 집단이 아닌 개인의 삶에 주목하여 그들의 삶의 구체성을 낱낱이 건져 올리는 작업이야 말로, 현학을 일삼는 논변의 인식론적 은폐막을 뚫고 나오는 싱싱한 서사의 힘이자 가치다. 한국이라는 천박한 자본주의적 삶 속에 내던져진 그들의 운명을 이 시대의 소설은 이렇게 증언하고 있다. 희망은 어디쯤에서 그를 기다리고 있는가. 테이프에서 흘러나오는 명화의 목소리는 이렇게 묻는다. "워 더 쩌웨이 짜이날?我的座位哪儿, 제 자리는 어디입니까?", "리 쩌리 위안 마?离这里远吗, 여기서 멉니까?"라고.

11. 몸과 몸에 대한 시선

: 박선희 소설 『미미美美』에 서사화된 존재의 왜상歪像

근대의 몸은 주로 구성단위로 나누어질 수 있는 몸이자 해체하고 재조립할 수 있는 대상으로 인식되었다. 몸의 형태와 구조와 기능은 세포로 설명이 가능하고 질병은 바로 이러한 유기체적 조직에 이상이 발생한 것을 의미한다. 고대와 중세의 몸은 우주의 현상이나 영혼과 이어진 추상의 몸이었고 질병은 이러한 조화가 깨어진 상태를 지칭했다. 근대의 서양의학은 우리 몸을 초월성으로부터 차단하고 구조와 기능으로 옮아가게 하였고 더 나아가 위생, 노동, 환경, 생태 등의 사회적 관계망 안에서 몸을 인식하게 하였다.

근대의 몸은 훈육의 대상이 되어 진료소, 군대, 감옥, 학교, 공장 등에서 교화와 학습이라는 명분으로 길들여졌다. 이때 몸에 타자의 시선이 개입되고 생체 권력bio-power이 작동하기 시작한다. 따라서 근대의 몸은 자신의 욕망과 의지에 의해서 규정되는 것이 아니라 타자의 척도와 기준에 따라 강제된다. 이 몸은 정치적 권력에 의해서 억압되기도 했고(장발단속, 미니스커트 단속 등) 남성중심 사회의 미적 기준(미인선발대회, 채용 신체 기준 등)에 의해 규정되기도 했다. 오로지 권력을 가진 자의 시선에 봉사하는 몸은 존재의 왜상歪像을 초래한다. 무수한 여성들 혹은 남성들이 자신의 몸에 대해 열등감을 갖게 하며 혹독한 다이어트나 성형을 통해 자신의 몸을 '가공'하려 한다. 여기서 근대의 몸이 권력의 규율 시스템 안에서 왜곡되고 더 나아가 자본의 영역 안에서 철저하게 상품화되어 가고 있는 현실에 대한 성찰의 필요성이 제기된다.

지금 여기의 총체적 삶의 모습이 이렇게 뒤틀려 있다면, 그 속에서 살아가고 있는 여성의 자아의식은 이미 쇼윈도에 갇혀 있는 수인囚人의 형국이라 할 수 있다. 기실, 박선희 작가가 『미미美美』1)에서 가장 주력한 부분도 바로 여기에 있다. 「하이힐」, 「美美」, 「모델하우스」는 이러한 맥락 하에서 이해될 수 있다. 이

---

1) 박선희, 『미미美美』, 북인, 2009.

작품들은 모두 남성의 시선에 포획된 여성 자아의 소외를 그려내고 있다는 점에서 유사하다.

「하이힐」은 하이힐과 그 굽 소리 그리고 발 그 자체에 페티시fetish를 느끼는 '성도경'이라는 이상 성욕자와, 그러한 그의 욕망에 갇힌 한 여성(화자)의 이야기다. 네일숍에서 일하는 화자는 굽 높은 신발을 신지 말라는 의사의 권유에도 불구하고, 통증과 싸우며 하이힐을 고집한다.

성도경은 내 발치에서 불규칙한 숨소리를 내고 있다. 그의 손끝이 내 발에 신겨진 하이힐의 가죽 끈과 발등의 곡선을 따라 미끌어진다. …… 개자식. 목구멍으로 삼킨 말이지만 뺨이라도 갈겨주고 싶다. 그러나 이 방을 나가기도 전에 나는 그를 용서하고 말 것이다.

(65쪽)

화자의 발과 거기에 신겨진 하이힐에서 성적 쾌감을 얻는 그에게, 더 이상 나의 고통 따위는 문제가 되지 않는다. 그러나 이런 그에 대한 화자의 분노의 감정은 용서의 마음으로 대체된다. 그가 "뛰어난 심미안으로" 선택해 내 발에 신겨질 "또 다른 하이힐" 때문이다. 여기서 성도경의 페티시는 화자의 물신숭배와 뗄 수 없는 교호관계를 가진다. 여성의 왜곡된 자아는 언제나 자본을 바탕으로 한, 남성의 물적 시혜와 관계되기 때문이다. "엄마가 뚱뚱해서 늬 아빠가 가버린 거야."라고 말하는 이혼녀인 화자의 엄마도, 장기가 다 내려앉을지언정, 코르셋을 벗지 않는다. 이는 '성도경'의 욕망에 포획된 화자의 경우와 다르지 않다.

심지어 '성도경'은 화자에게 하이힐을 신고 남산에 오를 것을 강요하지 않았는가. 그는 오로지 "오기가 넘쳐 보이는 하이힐과 그것이 내는 쇳징 소리에 빠져 있"을 뿐이다. 화자가 욱신거리는 발 때문에 약을 먹고 잠이 들었을 때, '성도경'은 그 고통에는 아랑곳하지 않고, 아픈 발에 하이힐을 신겨보며 계속해서 페티시에 집착하고 있다. 그가 흥분한 나머지 아이스팩을 붙인 발목을 비트는 순간, 화자는 하이힐을 신은 왼발로 그의 이마를 걷어찬다. 이윽고 그는 이마에 피를 흘린다. 이 무의식적인 행동은 단지 통증에 대한 본능적 행동이었을 뿐이다. 화자는 여전히 자신의 신발장을 채울 열 번째의 하이힐에 대한 욕망을 끊지 못한다.

「美美」는 '여행 중독자'인 '석인'과 '성형 중독자'인 화자 사이의 유비적 관계를 근간으로 서술되고 있는 작품이다. "항상 같은 곳에 같은 모습으로 있는 건 내겐 독약이야."라고 말하는 '그'와 같이, 화자도 여러 차례에 걸친 성형 수술로 육체의 진화를 수행한다. "눈, 코, 입, 눈가, 피부, 종아리, 턱." 지난 21개월간 연쇄적으로 진행된 성형 이력으로 내 몸은 일곱 번의 진화를 거듭한다. "육체는 더 이상 지켜 나가야 할 유산이 아닙니다."라는 '닥터 윤'의 말처럼, 화자는 성형 중독자임을 거부하며, 보다 나은 나를 위한 도전으로 자신의 성형 수술 과정을 합리화한다. 이제 화자는 더 이상 본래의 얼굴을 찾을 수 없을 만큼 변해 있다. 마지막으로 화자는 보다 풍만한 가슴을 위해 유방확대수술을 결심하고 이를 실행에 옮긴다. 마야 여행에서 돌아올 '석인'이 달라져 있을 만큼, 화자의 몸도 심각한 변화를 겪었다. 화자는 불현듯 겁이 난다.

> 원하는 대로 내 몸을 고치고 싶은 게 자연스러운 현상이라는 건 알겠는데, 거울을 보는 게 자꾸 불편해지는 이유는 뭘까요?……. 내 몸에 새겨온 나 자신의 초상에 겁먹지 않도록 선생님의 도움을 얻고 싶군요……. 어떤 말도 마음에 들지 않았다.
>
> (103쪽)

'닥터 윤'을 만나서 자신의 불안함에 대해 털어 놓기 위해 화자는 이런 말들을 생각해 낸다. 그러나 정작 '닥터 윤'을 만났을 때, 얘기를 요구하는 화자에게 그는 이렇게 말한다. "나는 클라이언트와 사적인 얘기는 나누지 않습니다."라고. 화자 역시 농담을 가장하여, "전 선생님의 작품이잖아요?"라고 말하지만, 더 이상 그와 얘기를 나누고 싶지 않다. 자신을 점점 잃어가는 것에서 느껴지는 두려움과 공포라는 개인적인 감정은 상담의 대상이 되지 않는다. 이 냉혹한 감정의 알리바이를 어떻게 설명할 수 있을 것인가.

결국, 이 작품에서 화자는 '석인'이라는 인물로 대표되는 남성의 시선에 갇혀 있다고 말할 수 있다. 좀 더 아름다운 '나'란, 기실 누군가에 의해 좀 더 아름답게 보여질 '나'인 것이다. 욕망이란 결국 타자의 욕망을 욕망하는 것이다. 이러한 욕망의 타자화에 지금 여기 소외된 여성의 자아상이 숨어 있다.

「모델하우스」는 두 개의 스토리라인이 겹쳐 있다. 하나는 백화점 명품관 외부 진열장의 마네킹을 '이화연'이라는 실제 모델로 착각하는 어느 남자의 이야기다. 다른 하나는 "첨단의 이미지를 뽐내며 들어섰던" E'PARK의 모델하우스와 실제 아파트 사이의 괴리가 빚어내는 이야기다. 이 둘은 이러한 관계에 있다.

A) G백화점 명품관 외부 진열장의 그녀는 특별했다. 보티첼리의 작품 속 아프로디테보다 더 우아하고 기품 있는 아름다움. ······ 말끔하게 화장을 지운 모습으로 화연은 레스토랑에 나타났다.

(178~179쪽)

A') "아, 루나 디 미엘레요? 근데 어머, 자세히도 아시네. 하지만 진열장 안에 있는 건 모델이 아니라 마네킹인 걸요. 얘기를 참 재밌게

지어내신다.”

(188쪽)

B) 투명한 전면 유리와 익숙함을 거부하는 듯한 벽체의 각도는 밝고
   깨끗한 첨단의 이미지를 심어주기에 부족함이 없다. …… 봄꽃으
   로 장식한 화단과 탐스러운 조경수는 이 아파트가 초현대적이면
   서도 친환경적이고 자연적인 아파트임으로 소리 없이 웅변하는
   것 같았다.

(192쪽)

B′) 공터에는 그 무엇도 남아 있지 않았다. 모델하우스가 사라진 공
    터 뒤로 황량한 아파트 숲만 보였다. …… 아파트 주변으로 빽빽
    한 나무숲과 초록 평야, 동과 동 사이를 흐르는 시냇물과 촘촘히
    심어진 나무는 찾아볼 수 없었다.

(205쪽)

A)의 실체는 A′)이고, B)의 결과는 B′)이다. 신화적 이미지를
뿜어내던 ‘화연’은 사람이 아닌 마네킹이었고, 첨단과 친환경을
자랑하던 모델하우스는 황폐한 모습을 뒤로하고 사라져 버렸
다. 이는 이미지가 모든 것을 삼키는, 현대 사회의 특성을 함축
하고 있다. 본질과 실질이 상징과 이미지에 의해 대체되는 지금

여기의 풍경은 수많은 파생실재들을 만들어내고 있다. 그 가상의 이미지는 결국 보드리아르가 말하는 시뮬라시옹_{simulation}[2]의 세계이고, 우리는 결국 이러한 기표들의 유희에 현혹되고 있다. 이미지는 어디까지나 본질이 아니다. "어디에도 없는 빽빽한 나무숲과 초록평야, 흐르는 시냇물, 명품의 E'PARK"와 같이, 백화점 쇼윈도우에 있는 그녀는 신화 속 아프로디테와 같은 허상일 뿐이다.

「김재이 보고서」와 「스틸하우스」는 일탈의 욕망을 그리고 있다는 점에서 유사하다. 전자가 "시계 초침 돌아가는 소리"로 상징되는 기계화된 번잡한 삶으로부터의 일탈을 보여주고 있다면, 후자는 '메탈음악'과 '피어싱'으로 상징되는 젊은이들의 일탈 욕망을 형상화하고 있다. 또한 전자가 획일화된 일상으로부터의 탈출을 전제로 한다면, 후자는 사물화된 부권에 대한 도전과 거부의식을 바탕에 두고 있다.

먼저 「김재이 보고서」. 이 작품에서 반도체 수출업체에 근무하며 심각한 이명(시계초침 소리)에 시달리던 화자는 "신경정

---

2) 시뮬라시옹(simulation)에 의하여 사실과 재현, 원본과 모방의 차이가 사라진 시뮬라크르(simulacre)의 시대에서 실재와 비실재의 간극은 무화된다. 보드리아르는 "오늘날의 추상은 더 이상 지도나 복제, 거울 또는 개념으로서의 추상이 아니다. 시뮬라시옹은 더 이상 영토 그리고 이미지나 기호가 지시하는 대상 또는 어떤 실체의 시뮬라시옹이 아니다. 오늘날의 시뮬라시옹은 원본도 사실성도 없는 실재, 즉 파생실재(hyperréel)를 모델들을 가지고 산출하는 작업이다."(장 보드리야르, 하태환 역, 『시뮬라시옹』, 민음사, 2001, 12쪽.)라고 말하고 있다.

신과 대신 일본 지사를 택"한다. 같은 회사 홍보과에 근무하는 아내 역시 별 반 이유를 대지 않는다. 화자는 거기서 수영코치 '마사루'의 소개로 '미유'를 만나게 된다. 화자는 이후로 그녀에게 탐닉한다. '휴일에는 집에서 꼼짝도 하지 않았'고 '하루를 꼬박 미유와 함께' 한다. 그러나 아래층에 사는 '게이코'를 경계했어야만 했다.

아내가 아이와 함께 일본으로 휴가를 왔을 때, 화자는 어쩔 수 없이 '미유'를 '게이코'에게 맡긴다. 아내가 일본에 머무는 동안 화자는 가장의 역할을 충실히 해낸다. 아내가 잠시 일본에 있는 친구를 만나러 간 틈을 타, 화자는 '미유'의 안부가 궁금해 '게이코'의 집으로 간다. 여기서 화자는 경악을 금치 못한다. 침대에 누워 있는 '미유'의 몸은 '여러 줄의 상처로 거뭇거뭇했'고 허벅지에는 고무호스가 걸쳐져 있었다. 그러자 화자에게서 '미유'에 대한 신비한 감정은 일순 사라진다. 그녀는 이제 능욕당한 한 마리 짐승에 지나지 않았던 것이다. '미유'를 집으로 데려온 화자는 그녀를 침대 밑에 잠시 밀어 넣었으나, 곧 아이에 의해서 발각되고 만다. 이 충격적 장면을 목격한 아내는 그대로 한국으로 돌아가고, 화자는 '미유'를 '여섯 토막으로 만들어 쓰레기봉지에 담아 버'린다. 그 후, 화자는 '미유' 대신 그녀와 다르게 생긴 리얼 돌Real doll을 찾는다. 생존 경쟁의 장 안에서 시계 소리의 이명에 시달리던 한 남성이, 결국 리얼 돌에 의해 휴식과 평안을 느낄 수 있었다는 사실은, 지금 여기를 살고 있는 우리의 불구적 현실과 병리적 조건을 역으로 환기한다.

「스틸 하우스」에서 피어싱과 메탈 사운드로 상징되는 '금속성'의 이미지가 화자와 '민희'라는 새로운 세대의 일탈 욕망을 상징한다면, "비쩍 마르고 걸어다닐 힘도 없고", "한 여자에게 세 번의 별거를 당하고도 가만있던" 아버지는, 그가 가꾸는 화초들처럼, 병약한 '식물성'을 상징한다. 이 작품에서 "쇠꼬챙이에 생살이 꿰이는 아픔"을 즐기는 젊은이들의 행위는 '나는 강하다.'라는 이미지를 얻기 위한 행위다. 이는 흡사, 언덕 아래 스틸 하우스와 같이 "거대한 철제 조립 모형"과 같은 구조를 육체에 새기는 것이기도 하다. 고교 1·2학년 당시 "터무니없이 구속당한다는 생각이 들자 몸에서 거부반응이 일어"났고, 화자는 교실 창문 밖으로 몸을 날린다. 그 후, 골절부를 고정시키기 위해 정강이에 V자형 못을 박았는데, 이때 뼈에 박힌 쇠붙이로 인해, 화자는 쇠와 하나가 되는 느낌을 갖게 된다. 과도한 피어싱에 대한 욕망도 이로 인해 싹 튼 것이다.

화자는 병든 잎을 가진 디펜바키아에게 1.6밀리 스틸 바벨을 끼운다. 아버지의 화초에게 피어싱을 한 것이다. 이를 통해 그것 역시 강해지리라 생각한 것일까. 그러나 이를 목격한 아버지는 내 머리통을 후려치며 말한다. "돼먹지 않은 놈." 급기야 그는 집안에서 화분을 치운다. 그러나 화자는 집을 나갈 것을 다짐한다. 집 아래, 은색으로 빛나던 철골조는 이제 하얀 회벽이 발라져 있다. 이는 화자의 정강이 뼈 속에서 숨 쉬는 스틸과 같다. 쇠와 육체! 뼈와 뼈를, 뼈와 살을 연결하는 물리적 매질로서의 쇠는, 구태와 소극성의 자리를 옹색하게 지키는 부권에 대항하는 젊은이들의 차고 매서운 욕망을 환기하고 있다.

마지막으로, 「로미가 있던 집」은 '서사의 욕망'에 관한 얘기다. 박선희의 소설을 관통하는 작가의 욕망은 다음의 한 문장으로 요약된다. "그녀는 소설로써 현실을 바꿔놓고 싶었을 것이다." 작가는 바로 이것 때문에 작품을 쓴다. 가령, 이 작품에서 '민'이 '오란다'라는 물고기를 키운 것은 '로미'라는 고양이에게 "과민하지 않기 위한 내 나름의 대응방식"이었고, '로미'를 내던진 것도 '오란다'를 살리려다 발생한 '우발적'인 사건이었다. 그러나 그('민')를 화자로 하고 '나'를 3인칭으로 바꾼 소설 속에서는 '로미'가 '오란다'를 낚아 올린 것으로, 그에 대한 보복으로 '나'가 '로미'를 창밖으로 내던진 것으로 되어 있다.

"소설에는 사실이 완벽하게 뒤집혀 있었다. 아니 사실은 그대로 있고 진실이 뒤집혀 있었다"는 '민'의 진술을 보자. 무엇이 사실이고 또 무엇이 허구인가. 소설은 어쨌든 진실을 나름의 시선으로 포착하는 것. 그리하여 사건의 전말을 직조하는 시간의 놀이다. 서사의 욕망은 바로 사건의 구성력을 통한 이면적 진실에의 획득에 있다.

지금 여기, 우리의 삶은 항시적 불안을 조건으로 하고 있다. 매일같이 방송을 통해 보도되는 가공可恐할 사건과 사고들은 그 불안이 폭발하는 자리, 혹은 그 균열의 순간들이다. 그러나 공포는 익숙해지고, 그 내성을 바탕으로 우리는 스스로의 안녕과 안위를 끊임없이 확인하고 위무한다. 이는 흡사, 여러분 안녕하십니까, 로 시작되는 뉴스 앵커의 오프닝 멘트처럼, 안녕에 대한 '강박 신념'이라 할 수 있다. 권두작인 「뉴스를 말씀드리겠습니다」는 이러한 삶의 조건을, 아파트 10층에 이웃해 살고 있는 사람들의 일상을 통해 여실하게 그려내고 있다.

1003호에 살고 있는 화자는 '무인경비 시스템 전문회사'의 고객센터에서 근무하고 있다. 상담 전화를 통해 경비 시스템에 대해 갖가지 질문을 해대는 '쇳소리'의 과도한 호기심은 우리 사회에 만연한 미증유의 불안과 공포를 적시한다. 집에 돌아오면, 화자는 언제나, 9시를 알리는 디지털 익사이팅 애니콜의 시보에 맞춰 스스로의 안녕을 확인한다. 그러나 이는 쉽지 않다. 화자에게 지나친 관심과 간섭을 나타내는 1004호 여자 때문이다. 그녀는 화자의 의사와 상관없이 우편함에서 그녀의 우편물들을 뒤져 가져온다. 화자는 그녀의 과잉친절에 심히 불쾌하다. "기껏해야 스물두어 살 돼 보이는 앳된 얼굴"의 그녀는 유난히도 작은 키로 인해 단번에 이목을 끈다. 또한 무더위에 열어놓을 수밖에 없는 현관문은 그녀의 시선에 무방비로 노출되어 있다. 화자는 이에 대나무 발을 현관에 내건다.

타인의 간섭과 시선으로부터 철저히 자신을 차단해야 한다는 강박 심리로 볼 때, 오히려 화자는 일종의 불안장애를 경험하고 있다고 할 수 있다. 문제는 1004호 여자가 아니라 타인의 관심과 시선에 예민하게 반응하는 화자 자신이라는 얘기다. 1001호에 는 독신남이 산다. 1004호 여자에 따르면 그는 '스포츠 센터 수영 코치'이며 '바람둥이'다. 안이 훤히 비쳐 대나무 발을 두 겹이나 걸어 놓던 어느 날, 화자는 1004호 여자가 들고 온 냉커 피를 받아들고 만다. 바로 그때, 1001호 남자가 조금의 곁눈도 주지 않고 엘리베이터를 향해 걷는다. 화자는 이를 바라보는 1004호 여자의 시선을 적대적인 눈빛이라고 파악한다. 남자가 사라진 쪽에서 눈을 떼며 1004호 여자가 말한다. "─가장 고통 없이 죽는 방법 알아? …… ─익사하는 거야."

그로부터 며칠 후, 1001호 앞에 폴리스 라인이 쳐져 있다. 1001호 남자가 목에 줄이 친친 감긴 채, 욕조에서 익사한 것이 다. 화자는 순간 1004호 여자를 떠올리며 그녀에게 남자의 죽음 을 알린다. 그러나 이 인과관계는 어디까지나 화자의 머릿속에 서 추리된 것이다. 그 남자를 죽인 사람이 1004호 여자일 것이라 는 것은 심증 이상도 이하도 아니다. 불안과 공포는 확정의 단계 가 아닌 어떤 기미機微의 국면에서 발생한다. 다시 어둠이 내리 자 화자는 9시 뉴스를 본다. 뉴스에선 화재를 위장한 보험 사기

사건과 강도사건을 보도한다. 화자는 이 끔찍한 사건으로부터 벗어나 있었음에 안도한다. 뉴스의 클로징 멘트—"9시 뉴스 여기서 모두 마칩니다. 안녕히 계십시오." 이 말에 화자는 다시금 마음속으로 되뇐다. "그래, 아직은 안녕하다." 타인의 시선과 관심으로부터 철저하게 차단된 안전지대 속에서 당신들은 안전한가? 작가는 바로 이것을 묻고 있다. 이는 단자화되고 박제화된 삶을 안전이라는 개념과 착종한 채 살아가는, 지금 여기 우리의 삶의 조건을 의미한다.

영화 『버디』(1984) 포스터의 장면처럼 "쇠창살이 높은 독방에 갇힌" 채, 살아가는 「중앙고시원」의 풍경도 이와 다르지 않다. 이 작품에서 'N'은 거식증을 앓고 있다. 그녀는 매일 한 가지씩 음식을 만들어 옥상의 개에게 준다. "510호 나 좀 봐요." 여기서 타인을 부르는 방식은 이렇다. 510호에 사는 '탈색머리'는 'N'이 잃어버린 것과 똑같은 운동화를 신고 있다. 그러나 그것은 어디까지나 의심일 뿐이다. 탈색머리는 말한다. "훔친 건 맞는데, 미안하지만 전에 있던 고시원에서 훔친 겁니다." 70개의 방을 둔 고시원에서, 또 이런 수많은 고시원이 널려 있는 대도시에서 똑같은 것은 넘쳐난다. 다만, 그것이 "내, 거, 였, 어."라는 심증만이 있을 뿐이다.

언제나 편의점 파라솔에 앉아 있는 '미스코리아 진'. 그녀는 결혼 예복 같은 "더러움이 탄 레이스 원피스"를 입고 항상 거기

앉아 "해죽해죽 웃으며 쉴 새 없이 무슨 말인가를 지껄"인다. 그녀는 얼마 후, 가족인 듯한 사람들과 남자 간호사들에 의해서 정신병원으로 끌려간다. 이 전형적인 소외의 조건은 '탈색머리'가 날마다 물을 주던 허브가 플라스틱으로 만든 조화造花였다는 데서 강한 상징성을 드러낸다. 여기서 제시되는 '인공성'이야말로 현대적 삶의 한 표징이 아닐까. 'N'은 그녀가 옥상에 두고 간 화분을 손등으로 밀어 떨어뜨린다. 이는 인공성에 대한 본능적인 거부감의 표현일 것! 그러나 '탈색머리'는 간 곳이 없고 방은 텅 비어 있다.

이 세 꼭짓점—거식증 환자인 'N', 조화를 키우는 '탈색머리', 정신병자인 '미스코리아 진'—은 우리의 삶에 압정처럼 꽂힌 병리적 좌표를 가리키는 것처럼 보인다. 이들은 모두 갇혀 있다. 고시원에 사는 'N'이든 '탈색머리'든, 고시원 밖에 '미스코리아 진'이든, 모두가 보이지 않는 쇠창살에 갇혀 웅크리고 있다. 정물화처럼 자신의 공간에서 미미하게 진동하는 이들의 움직임은 바로 이러한 정황을 차갑게 드러낸다.

박선희의 소설은 단순한 재미를 추구하지 않는다. 적어도 문학은 세상 도처에 널려 있는 즐거움을 줍는 행위와는 구분되는 그 무엇이다. 대중문화적 감각과 드라마의 수다스러움이 만들어낸 칙릿으로, 신기취미라고 할 소재주의에 매몰된 개그 콘서트 같은 이야기로 뭘 어쩌겠다는 것인가. 그녀의 소설은 우리 시대를 음험하게 지배하는 관념과 제도에 대한 날카로운 통찰을 바탕으로, 결코 웃어넘길 수 없는 페이소스를 선사한다. 그녀의 문장에서 울리는 하이힐의 경쾌하고도 날카로운 쇠징 소리를 따라가면, 우리 시대의 막다른 골목과 마주치게 되기 때문이다.

12. 성性과 젠더

: 김연희 소설 『너의 봄은 맛있니』에 드러난 젠더 질서

우리 사회에는 억압적 상황에 놓여 있는 타자화된 하위 주체들이 무수하게 존재한다. 명목적인 차원의 법과 절차적 제도가 마련되어 있다고 하더라도 그것은 어디까지나 빛 좋은 개살구인 경우가 다반사다. 강자의 논리에 의해 독점되는 지배이념은 그 뿌리 깊은 공고성으로 인해 쉽게 부서지지 않고, 식민지인·노동자·농민의 억압 조건 속에서도 이중의 억압과 착취의 대상이 되는 것은 바로 여성이다. 그렇다면 이러한 여성은 자신을 짓누르는 현실에 대항하는 목소리를 낼 수 있는가? 여성의 목소리는 재현의 방식으로 드러난다. 하지만 이러한 재현은 서발턴

subaltern의 현실적인 존재태와 비대칭적인 재현 체계를 통해 걸러지고 침윤되기 때문에 결국 하위주체는 말할 수 없다[1]는 결론에 이르게 된다.

그러나 투명한 재현의 불가능성은 이중억압의 상태에 놓여 있는 여성이 정치적 주체가 될 수 없다는 불가능성에만 방점이 찍혀 있는 것인가. 그것은 오히려 현실과 재현 사이의 난경을 의미하는 것이기도 하다. 견고한 젠더 질서로 무장되어 있는 한국 사회의 뿌리 깊은 적폐는 최근 여혐의 문제로까지 치닫고 있는 상황이다. 말할 수 없기 때문에 재현을 포기해야 한다는 것은 아니다. 여성작가들이 자신이 몸으로 겪은 닫힌 사회의 현실을 재현하는 일은 적어도 말하게 되는 대상spoken object에서 말하는 주체speak subject로 나아가기 위한 안간힘이다. 김연희 작가의 『너의 봄은 맛있니』[2]에서 나는 적어도 누군가의 목소리를 대신하고 있는 것이 아니라 자신의 경험과 내면에서 길어 올린 여성의 목소리를 들었다. 사막의 생을 견디며 서 있는 고단한 선인장의 뜨거운 육성!

---

1) 로절린트 C. 모리스, 가야트리 차크라보르티 스피박 외, 태혜숙 역, 『서발턴은 말할 수 있는가』, 그린비, 2013.
2) 김연희, 『너의 봄은 맛있니』, 자음과모음, 2016.

1. 순결 신화와 여성

   표제작 「너의 봄은 맛있니」는 화자인 '나'와 도현, 여경과 장 선배라는 두 쌍의 대학생 커플의 연애담이 교차되어 있는 이야기다. 화자와 여경은 부모의 사업실패로 시골에서 조부모의 손에 키워진 인연을 가지고 있고, 그로 인해 각별한 자매애로 결속되어 있다. 여경이 장 선배와의 연애 과정에서 생긴 아이를 지우기 위해 산부인과를 찾았을 때도 그녀의 곁에는 장 선배가 아닌 화자가 있었다. 화자는 회복실에서 지친 모습으로 링거를 맞고 있는 여경의 곁을 지킨다. 여기서 화자는 여경과 같은 모습으로 누워있는 수많은 그녀들을 바라보며 "이 여자들의 남자친구들은 도대체 무얼 하고 있을까?"(19쪽)라고 분노한다. 더 나아가 관계를 할 때마다 피임을 하지 않는 도현을 떠올리며 이곳에 누워 있는 사람이 여경이 아닌 자신일 수도 있다고 생각한다. 핵심은 사태의 결과와 뒷갈망이 모두 여성의 몫이라는 사실이다. 부재의 형식으로 언제나 책임을 방기하거나 회피하는 남성은 결국 무책임한 가해자의 모습일 수밖에 없다.

   한편, 화자의 애인인 도현은 '최초'와 '흰색'으로 상징되는 순결 콤플렉스에 사로잡혀 있는 남성의 표상이다. 그가 화자에게 준 선물들은 모두 이를 증명할 수 있는 세목들이다. 먼저 유리병에 담긴 하얀 박하사탕과 그 마개 안쪽에 붙어 있던 머리카락과 손발톱이다. 메모지에는 이렇게 적혀 있다. "같이 넣은 것은 내 최초의 머리카락과 손톱, 발톱이야. (…중략…) 니가 죽어 땅에 묻힐 때 관에 넣고 싶어."(23쪽) 뿐만 아니다. 그는 최초의 클래식, 최초의 교향곡, 최초의 일본 여가수, 최초의 록, 최초의 팝, 이런 식으로 자신의 첫경험을 CD로 선물한다. 게다가 흰 남방, 흰 바지, 흰 스웨터, 흰 속옷 세트까지 선물하지만 화자는 그것들을 한 번도 입지 않았다. 그는 흰색 이불과 침대 커버까지도 마음에 들어하며 이불이 하얘서 자고 간다는 말을 할 정도로 흰색에 빠져 있다. 화자는 이불과 커버를 침대 밑에 쑤셔 박고, 그가 선물한 모든 최초와 흰색의 물건들을 주워온 파인애플 상자에 담는다. 그리고 집으로 찾아온 도현에게 이를 건넨다. 화자가 결별을 선언하며 돌아서자 그는 상자를 뒤집어 흔든다. 이에 화자는 "새하얀 박하사탕이 눈 녹은 길바닥에 흩어져 더럽혀지고 부서지기를"(29쪽) 바란다. 이는 처음과 흰색의 이미지가 상징하는 바와 같이 남성에 의해 강요된 순결 신화로부터의 탈주와 거부를 함의한다.

2. 기형화된 여성상

「사과」는 어느 날 문득 "계시처럼 떠오른 사과"(83쪽)에 홀린 한 여성의 사연에서 출발한다. 교사인 화자는 어느 날 창밖에서 들어오는 달콤한 바람에 빨갛고 반들거리는 사과를 연상하게 된다. 그러자 "수업이고 뭐고 다 때려치우고 운동장을 가로질러 달려 나가고 싶"은 마음을 겨우 진정시키고 집에 가자마자 사과 열다섯 개를 먹어치운다. 그날로부터 사과만 먹고 싶은 마음을 진정시킬 수 없었던 화자는, 결국 산부인과에 찾아가 임신 사실을 확인하게 된다. 그곳에서 커다란 치아를 드러내며 해맑게 웃는 어느 이국異國의 산모와 눈이 마주친 화자는 베트남에서 시집 온 남편의 고향 선배인 찬석 씨의 아내를 떠올린다. 불행하게도 찬석 씨는 올해 교통사고로 사망했고 아내의 몸속에는 여섯 번째 아이가 있다.

화자는 남편과 함께 과수원을 하는 시댁으로 향한다. 목적지에 도착할 무렵, 화자는 운전 중인 남편의 얼굴에 사과를 내밀며 장난을 치고 그로 인해 사고가 나고 만다. 자동차에서 조금 떨어진 곳에 소년이 왼쪽 무릎에 피를 흘리며 넘어져 있다. 그 소년이 바로 찬석이 형의 첫째 아들이었던 것. 병원에 가자는 말에도 소년은 한사코 괜찮다고 엉덩이를 뺀다. 할 수 없이 남편은 찬석 씨 어머니와 베트남 여인의 안부를 물은 다음, 명함 한 장을 전해주고 현장을 떠날 수밖에 없었다.

시댁에 도착한 후, 다섯 시간이 넘도록 잠에 빠져 있다 깨어나 화자는 남편에게 전화를·하지만 연락이 닿지 않고 남편이 어떻게 사고를 처리했는지 궁금하기만 하다. 이윽고 화자는 사과를 직접 따먹겠다는 생각으로 과수원을 찾아 나선다. 화자는 비탈에 서 있는 사과나무들을 발견한다. 사과나무는 2미터 가량 되는 작은 나무로 굵은 곁가지를 사방으로 뻗고 있었는데, 가지마다 예닐곱 개씩 사과를 매달고 있었다. 화자가 상상했던, 초록 이파리가 무수히 매달려 있고 그 잎 사이로 빨간 사과가 보이고 높은 가지엔 새가 둥지를 틀기도 하는, 그런 나무가 아니었다. 이파리가 없는 가지엔 시멘트 덩어리가 한두 개씩 매달려 있었는데, 그렇게 억지로 만들어진 공간 사이에 사과가 영글고 있는 거였다. 이런 사과나무를 발견한 화자는 속이 뒤틀리고, 이렇게 생산한 사과에 열광했던 스스로에 대해 몸서리를 친다.

그곳에서 화자는 찬석 씨의 아들을 만나게 되는데, 아이의 왼쪽 무릎에는 흰 반창고가 붙어 있고, 옆에 있는 여동생은 넘어져서 복숭아뼈를 다친 상태였다. 화자는 당장 걷기도 힘든 소녀를 업고 찬석 씨의 집으로 간다. 집에 도착한 화자는 앞으로는 갓난아이에게 젖을 물리고 있고 등으로는 고개를 젖힌 채 잠들어 있는 아이를 업고 있는 베트남 여인의 모습을 보게 된다. 부엌에 있는 사과를 찾는 그녀에게 화자가 손수 사과를 깎아놓자 베트남 여인은 쉼 없이 사과를 집어 먹는다. 그 장면이 화자에게 서커스처럼 안쓰럽게 다가온다.

여기서 아이를 주렁주렁 매달고 있는 다산多産의 이국 여인은, 이파리 없는 가지에 여러 개의 사과를 매달고 있는 기형의 사과

나무와 겹쳐진다. 베트남에서 멀리 한국이라는 이역의 땅으로 이주해, 다섯이나 되는 아이를 낳고 게다가 여섯 번째 아이까지 잉태한 그녀는 이제 남편마저 잃고 막막한 생을 견디고 있다. 사과나무도 과수원에 이식되어 발육이 억제된 채, 무거운 시멘트 돌덩이를 매달고 열매만 맺는 기형의 나무로 서 있다. 이 둘의 유사성에 기초해 볼 때, 디아스포라의 쓰라린 운명의 한가운데 있는 다산의 베트남 여인은 기형의 사과나무처럼 이 땅의 하위 주체 여성들의 혹독한 삶의 조건을 증언하고 있다. 이외에도 주말마다 예식장에서 훔친 축의금으로 백화점 명품을 쇼핑하는 「아 유 오케이?」의 여성이나 상류층 자녀들의 생활을 돌봐주는 아르바이트 여대생의 일상을 다룬 「+김마리 and 도시」 역시 유리천장으로 막혀 있는 신분사회의 질서와 젠더 질서라는 두 가지 층위에서 이중의 소외를 앓고 있는 후기자본주의가 낳은 여성상이라는 점에서 기형의 여성상과 동궤에 놓인다.

3. 악전고투의 나날들

「트란실바니아에서 온 사람」에는 제 손으로 돈 한 번 벌어본 일이 없는 무능하고 무책임한 부잣집 아들과 이혼한 싱글맘의 악전고투하는 일상이 펼쳐진다. 재혼을 강권하며 손녀를 돌봐주는 일에 지쳐 있던 친정 엄마가 어느 날 아침 대문을 열어주지 않자, 아이는 (Q)의 집에 가지며 여자의 손을 잡아끈다. (Q)에게는 트란실바니아라는 강아지가 있었던 것. 그러나 (Q)는 동네에서 흡혈귀라는 소문이 난 여자다. 하지만 아이를 데리러 갔다가 대문가에 서서 대화를 나누었던 그녀는 사려 깊고 유머러스한 여자일 뿐이었다. 그럼에도 세탁소 여자를 비롯한 동네의 소문에 여자 역시 의문을 갖지 않을 수 없다. 그녀는 어쩔 수 없이 (Q)의 집에 가는 아이를 막지 못하고 출근길을 서두른다.

세무사 사무실에 출근하자 여자는 새파랗게 젊은 세무사의 세컨드가 와 있다는 이야기를 듣고, 전남편의 세컨드에게 당당하게 이혼을 요구받던 순간을 떠올린다. 여자는 결국 아이를 키우는 조건으로 이혼에 합의한다. 그러던 어느 날, 전남편에게 돈을 빌려달라는 전화가 온다. 생활비가 없어서 카드로 현금서비스를 받았는데 어머니가 들은 척도 안 한다는 것. 이토록 무책임한 전남편에게 여자는 아이를 달라고 할까봐 겁이나, 적금과 비상금을 털어 돈을 입금해 주고 만다.

한편, 하 사장은 여자가 대학시절 아르바이트 하던 편의점의 사장인데, 본업인 집장사로 재력을 쌓은 사람이다. 그는 여자에게 "나에게 시집와서 아이를 낳아. 그러면 되잖아."(54쪽)라고 말하지만 여자는 그의 말을 거부한다. 그러던 중 전남편이 "당신 어머니가 우리 어머니에게 돈도 많으면서 아이를 너에게 맡겼다고 화를 내셨대."(54쪽)라는 말을 전하면서 2억천 만 원을 계좌로 이체해 주겠다며 아이를 키우기로 했다고 말한다. 여자는 비틀거리며 주저앉는다. 그리고 여자는 "알루미늄 캔을 팔아 지은 견고한 성"과 같은 "시댁 주위에 둘러쳐진 높은 담"(55쪽)을 떠올린다.

전남편도, 하 사장도 모두 여자를 돈으로 호출하려 한다. 전남편은 돈으로 아이를 사고, 하 사장은 돈으로 아이를 낳으라고 하는 것이다. 여자는 코트자락 밑으로 하혈을 하면서도 (Q)의 집으로 발걸음을 옮긴다. 그리고 생각한다. "거기서 목을 길게 내밀어 (Q)와 같이 되어야 했다."(55쪽)고. 그리하여 불생불멸의 흡혈귀가 되어 "욕심 많은 자들의 인생"(54쪽)을 지켜보고 싶다고. 흡혈귀가 되고자 하는 그녀의 모진 마음은 사랑도 생명도 모두 돈으로 살 수 있다고 믿는 파렴치한 남성의 행위에서 비롯된 것이다.

반면, 「블루 테일」에 등장하는 쌍둥이 엄마는 고단한 일상에도 불구하고 원하는 것은 무엇이든 가질 수 있는 하렘이라는 피안의 공간을 거부한다. 그것이 친구 '래인'의 방문으로 와인을 마시고 취기에 도달한 환상이라고 할지라도, 그녀가 래인의 명함을 잘게 찢어 버리는 것은 환상으로의 도피 대신 두 아이의 엄마로서의 현실에 무게 중심을 두고 있기 때문이다. 무책임과 책임을 남성과 여성의 이분법으로 대응시킬 수는 없겠지만, 적어도 김연희 소설에 등장하는 남성들은 모두 자신에 대한 최소한의 반성기제도 지니지 않은 몰염치한 인간으로 그려지고 있다.

4. 소설 쓰기의 의미

이러한 여성의 현실 속에서 소설 쓰기는 어떤 의미를 갖는가. 「카프카 신드롬」은 상징적인 기법으로 현실에 대응하는 소설의 자리와 그 의미를 분명하게 제시하고 있다. 이 소설집에서 유일하게 남성 화자가 등장하는 이 작품은 소설가인 화자가 뉴스노마드 편집장인 '뇌 선배'의 제안으로 기사를 쓰게 되면서 이야기가 시작된다. 화자는 "실종된 사람들이 토마토, 튤립, 택시 등으로 변했다고 믿는 사람들에 대한 기사"(156쪽)를 쓰고자 한다. 실종자 가족 연합이라는 홈페이지를 아느냐는 뇌 선배의 말에 화자는 자신의 가족사를 떠올린다.

병원을 개원한 이래 한동네에서 20년간 신뢰와 존경을 받았던 화자의 아버지는, 장염인 줄 알고 치료한 환자가 죽자 그 뒤로 병원을 나가지 않고 급기야 집을 나가게 된다. 그러자 화자는 아버지를 찾기 위해 휴학계를 제출하고 어머니와 누나와 함께 수만 장의 전단을 뿌리며 전국을 돌아다닌다. 군에 다녀온 다음에도 화자는 "속죄하듯 아침마다 실종자 가족 연합 홈페이지에 접속"(162쪽)했었는데, 이제는 기사를 쓰기 위해 게시판에서 사연들을 검색한다.

위암이 걸린 할머니를 위해 토마토 주스를 만들었던 어머니가 할머니가 죽자 사라졌다. 어느 날 냉장고 안에서 썩어가는 토마토를 발견하고 벼락처럼 순간 엄마다, 라는 생각이 들었다며, 시간 날 때마다 엄마가 잘 있나 냉장고를 열어 확인한다는 사연. 치매를 앓던 할머니가 사라져 온 식구가 찾아다녔는데, 집에 와보니 노인이 가장자리가 누렇게 변한 종이 위에 그려진 튤립 한 송이를 바라보며, 할머니가 튤립으로 변했다고 믿는다는 사연. 할아버지의 노름빚을 갚기 위해 일평생 택시 운전을 하던 아버지가 그만 택시가 되었다고 믿는 어느 택시 기사의 사연. 이런 이들을 취재하면서 화자는 "정상적인 사람들과 나누는 평범한 대화"(176쪽)가 그리울 정도로 한계에 이르게 된다. 결국 화자는 "카프카 신드롬"(177쪽)이라는 기사 제목을 뽑고 무엇엔가 홀린 듯 문장을 적어 내려간다. 그러다가 화면 속 문장들이 소용돌이치면서 오백 원짜리 동전만 한 까만 점이 되었다가 그 점이 탁 터져 토끼가 되는 환상을 경험한다. 그 토끼가 무언가 할 말이 있는 듯해서 화자는 숨을 멈춘다.

소설가인 화자가 아버지의 실종이라는 자신의 가족사와 겹치는 사연들을 기사화하기 위해 취재원을 찾아 나선다는 상황 설정을 보자. 게다가 그 사연은 사라진 가족이 사물이 되었다고 믿는 사람들의 이야기다. 소설을 쓴다는 것은 무엇인가. 자신의 직간접적인 경험과 사유를 외적인 현실에 투영하여 이를 객관화시키는 작업이다. 허무맹랑한 이야기이지만, 실종된 가족을 상징적인 사물과 동일시하는 것도 심리적으로는 압축과 전치의 과정을 거친 하나의 상징화라고 보면 자신의 내적 경험과 동궤에 있는 가슴 아픈 사연들을 찾아나서는 일이야 말로, 화자가 글로서 반드시 통과해야 할 하나의 의례라 할 수 있다. 이러한 의미에서 이 작업은 스스로의 상처를 달래고 승화하는 일이 될 것이다. 「서천꽃밭 꽃들에게」에서 작은 아이를 잃은 여자가 '삼신 할멈' 동화를 녹음하는 아이의 숙제를 도와주면서 다시 아이를 갖고 싶다는 간절한 마음을 갖게 되는 것처럼 말이다. 이것이 곧 이야기의 힘이 아니겠는가.